Periscopio

LA HIJA
DE LA NOCHE

LAURA GALLEGO

LA HIJA
DE LA NOCHE

edebé

© Laura Gallego, 2004

© Ed. Cast.: edebé, 2005
Paseo de San Juan Bosco, 62
08017 Barcelona
www.edebe.com

Atención al cliente 902 44 44 41
contacta@edebe.net

Directora de la colección: Reina Duarte
Diseño de cubiertas: César Farrés
Ilustraciones: Jordi Vila
Fotografía de cubierta: CORBIS

13.ª edición

ISBN 978-84-236-7532-6
Depósito Legal: B. 148-2011
Impreso en España
Printed in Spain
EGS - Rosario, 2 - Barcelona

El amor nos da fuerzas
para tareas imposibles.

Paulo Coelho,
A orillas del río Piedra me senté y lloré

Índice

Capítulo uno

La señora Bonnard se detuvo un momento para recuperar el aliento. Venía corriendo desde la plaza y su cuerpo rechoncho no estaba acostumbrado a semejante ritmo. Se disponía a reanudar su apresurada carrera cuando oyó una voz tras ella:

—¡Régine! ¡Régine!

La señora Bonnard, algo contrariada, esperó a que la señora Lavoine llegara a su altura.

—¿Dónde vas tan deprisa, Régine? ¿No vienes hoy al mercado?

—Cómo, Marie… ¿Aún no lo sabes? —la señora Bonnard fingió sorpresa—. ¿No has oído la noticia?

La señora Lavoine negó tímidamente. Sabía, como la que más, que la señora Bonnard siempre era la primera en enterarse de todos los chismes. Pero la pequeña y sumisa señora Lavoine era demasiado ingenua como para darse cuenta de que, además, su amiga disfrutaba dejando patente la ignorancia de sus vecinas en materia de novedades, y que le encantaba ser la fuente de información de todas las comadres de

Beaufort. Por eso aceptó su papel en el juego de la señora Bonnard, por eso y porque también ella quería saber qué era aquello tan importante que hacía correr y resoplar a su obesa compañera.

—No, ¿de qué se trata?

—No lo adivinarías…

La señora Bonnard miró a la señora Lavoine, saboreando el momento.

—Cuenta, cuenta…

—¿Te doy una pista?

—¡Oh, Régine, no seas mala! ¡Sabes que no se me dan bien los acertijos! Por favor, me muero de curiosidad…

La señora Bonnard pareció darse por satisfecha. Se llevaba bien con la señora Lavoine porque ésta no solía cuestionar su autoridad. En su lugar, la señorita Dubois, e incluso la señora Buquet, le habrían respondido con un desplante. Pero la señora Lavoine era la confidente perfecta: sabía escuchar sin interrumpir, y por lo general, creía todo lo que le contaban.

La señora Bonnard sonrió. Reanudó la marcha calle arriba, a un ritmo más calmado, y la señora Lavoine se apresuró a colocarse a su lado. La señora Bonnard apoyó la mano en el brazo de su compañera, en señal de confianza.

—Marie, no vas a creerlo —comenzó, en un tono altamente apropiado para compartir chismes; hizo una pausa muy teatral y la señora Lavoine la miró, expectante, pero finalmente lo soltó—: ¡Isabelle ha vuelto a Beaufort!

La noticia no causó el efecto que la señora Bonnard

había esperado. Su amiga se mantuvo con el semblante inexpresivo.

—¿Isabelle? —repitió.

—Marie, por Dios, no me digas que no recuerdas a Isabelle, la lavandera… ¡Si fue un escándalo! —la señora Bonnard pronunció esta última palabra con fruición, como quien saborea un delicioso manjar.

Comenzó a hacerse la luz en la mente de la señora Lavoine.

—Isabelle… ¿La huerfanita?

—Aquella desvergonzada que se fue del pueblo persiguiendo al señor Latour.

—¡Ah, ya recuerdo! Él la abandonó…

—¿Qué esperaba? —dijo la señora Bonnard desdeñosamente—. ¡Un joven de tan buena familia no iba a comprometerse con una hija de nadie como ella!

—Era muy joven, pobre criatura. Se hizo ilusiones…

—Era lo bastante mayor como para saber lo que es la decencia —zanjó la señora Bonnard, dispuesta a arrancar de raíz cualquier sentimiento de conmiseración que la recién llegada pudiese inspirar en su compañera—. Y en lugar de reconocer humildemente su error y tratar de enmendarse… ¡La muy golfa se fue tras él, como una buscona cualquiera! ¿Habrías hecho tú algo así, Marie?

—Bueno…, no. Tienes razón, Régine —reconoció la señora Lavoine.

—Y ahora, ella ha vuelto. Jean-Michel la ha visto en la oficina de correos hace un momento…

—¿De veras? ¿Y cómo está?

—Oh, Jean-Michel no me ha dado más detalles. Ya sabes que los hombres nunca se fijan en las cosas importantes. Pero imagino que vendrá vestida como una andrajosa, igual que cuando se marchó, y andará por ahí suplicando asilo —dijo la señora Bonnard.

—Isabelle… Quién lo diría. Han pasado…

—…Cinco años, amiga mía. Ella tendría dieciséis o diecisiete cuando se fue. No sé dónde va a encontrar trabajo, la verdad. Después de lo que hizo, y del disgusto que le dio al pobre padre Rougier, y del asunto de la medalla de Nicole…

—Pero dijeron que no había sido ella…

—¡Bah, bah, la gente habla mucho y no sabe lo que dice! Una bribona como Isabelle, que deja la casa de su protector para perseguir a un joven noble, es muy capaz de robar una medalla…, y dos también. Es lo que yo digo —prosiguió, recogiéndose las faldas para subir afanosamente una cuesta—, nadie querrá emplearla después de todo. Yo no la admitiría como lavandera, ni mucho menos como criada. Esa golfa… ¿Y si intenta seducir a mi Jerôme?

—Pero si Jerôme es un chiquillo.

—También Isabelle era una chiquilla cuando engatusó al señor Latour. ¿Cómo se habrá atrevido a volver a Beaufort? No me imagino…

No llegó a terminar la frase, porque entonces, súbitamente, la puerta de una casa particular se abrió junto a las dos comadres, y de ella salió una figura menuda y delgada, vestida de negro. Las dos se volvieron a la vez y retrocedieron un poco, instintivamente.

Era una mujer joven, pero parecía un fantasma. Su

severo traje negro, complementado con un sombrero y un velo que le cubría la parte superior del rostro, le daba la apariencia de una mujer de mayor edad. O tal vez no fuera eso, sino la extrema palidez que se adivinaba en su semblante.

—¿I... Isabelle? —preguntó la señora Lavoine, vacilante.

Ella apenas sonrió.

—Señora Lavoine. Señora Bonnard. Me alegro de volver a verlas —dijo delicadamente.

Pero no había alegría en su voz. Tampoco ironía. Era, simplemente, una voz neutra, demasiado indiferente para la orgullosa señora Bonnard, que no estaba acostumbrada a que la ignorasen.

—Isabelle, querida. Qué maravilloso que te halles de nuevo entre nosotros. Ha pasado mucho tiempo, ¿cómo te ha ido? ¿Encontraste lo que habías ido a buscar? —dijo con tono empalagoso.

Isabelle palideció aún más, si es que ello era posible. Cuando respondió, sin embargo, lo hizo suavemente, sin alzar la voz:

—Eso es cosa del pasado, señora Bonnard, y yo he vuelto a Beaufort con la intención de iniciar una nueva vida.

—Por supuesto, por supuesto —se apresuró a decir la señora Bonnard; echó un vistazo a la casa de donde acababa de salir Isabelle—. Y... ¿vas a trabajar para el señor Chancel, el notario?

Isabelle esbozó una media sonrisa indulgente que no gustó a la señora Bonnard. Aquella criatura parecía dulce y frágil, pero tras el velo negro se distinguía

13

claramente la llama de determinación y carácter que ardía en sus ojos.

—Los asuntos que me traen a casa del señor Chancel son más burocráticos, me temo. Acabo de adquirir una pequeña propiedad a las afueras del pueblo, y se requieren muchos documentos… Y ahora, si me disculpan…, ha sido un placer volver a verlas, pero tengo todavía mucho por hacer.

Se separó de las dos consternadas comadres con un elegante movimiento. Ninguna de las dos pudo decir nada. La señora Lavoine tenía los ojos abiertos como platos, y la señora Bonnard había olvidado cerrar la boca hacía rato. Isabelle se volvió un momento hacia ellas y comentó, como de forma casual:

—¡Ah, lo olvidaba! Señora Bonnard, dele recuerdos a Jerôme de mi parte, ¿lo hará?

Las dos mujeres se quedaron plantadas un buen rato junto a la casa del notario, incluso después de que la negra figura de Isabelle hubiese desaparecido tras una esquina. Sólo las sacó de su estupor el chasquido de una puerta al abrirse, la misma que momentos antes había dejado salir a la joven Isabelle.

—¡Régine, Marie! —susurró una voz apremiante—. ¿La habéis visto?

Ambas reaccionaron y se volvieron hacia la puerta, donde se asomaba una mujer de mediana edad, alta y huesuda, cuyos ojos brillaban desde detrás de unas lentes redondas, que le daban una cierta apariencia de búho. Se trataba de Elaine Chancel, la esposa del notario.

—Era Isabelle, ¿verdad? —pudo decir la señora

14

Lavoine—. La huerfanita, la lavandera. La hija de Christine y no-se-sabe-quién.

—La misma —confirmó la señora Chancel, con un enérgico asentimiento—. Sólo que no creo que vuelva a lavar un trapo en su vida.

—No —reconoció la señora Bonnard, algo confusa—. ¿Habéis visto qué traje llevaba? ¡Era soso, pero de terciopelo puro! ¡Debe de haberle costado una fortuna!

La señora Chancel negó con la cabeza.

—No para ella —dijo—. Puede permitirse eso y mucho más, y lo extraño es que no vaya vestida a la última moda de París.

Las dos comadres se volvieron hacia Elaine, interesadas.

—¿Por qué dices eso?

—Pues porque acaba de comprar, como si nada, la mansión Grisard.

Esta última revelación fue demasiado para la señora Bonnard. Abrió y cerró la boca varias veces y en sus mejillas aparecieron dos brillantes rosetones.

—¿Y para qué querrá ese viejo caserón? —se preguntó la señora Lavoine en voz alta.

—¡Pero si…! —pudo decir la señora Bonnard—. ¡Pero no es posible!

—Eso mismo pensé yo. Pero mi esposo dice que están todos los papeles en regla.

Hubo un breve y tenso silencio.

—¿Creéis que ella…? —empezó la señora Lavoine.

—¿…Logró cazar al fin al joven Latour? —completó la señora Bonnard.

15

—Por lo que sé, la señorita Isabelle sigue soltera —informó la señora Chancel—. No se sabe de dónde procede su cuantiosa fortuna. Tal vez una herencia…

—¡Pero ella no tenía a nadie! ¡Su madre murió al darle a luz!

La señora Chancel se encogió de hombros.

—No sabemos más, Régine.

—Pero, ¿por qué querría comprar la mansión Grisard? —insistió la señora Lavoine—. Es elegante, sí, y fue lujosa en su día, pero lleva décadas deshabitada. Y está tan lejos del pueblo, tan aislada…

—Siempre fue una moza rara —gruñó la señora Bonnard.

—En cualquier caso, Régine, ahora ya no es una «moza», sino «la señorita Isabelle». Dios sabe cómo habrá hecho fortuna… —dijo la señora Chancel.

—Ni Dios querrá saberlo, te lo garantizo. No era más que una mujerzuela, y siempre será una mujerzuela, por muy señorita que se considere y muchos trapos finos que gaste —rezongó su amiga.

—¿Por qué vestirá de luto? —se preguntó la señora Lavoine, más interesada en el misterio que envolvía el retorno de Isabelle que en unirse a las murmuraciones de su amiga.

De nuevo, la señora Chancel se encogió de hombros.

Mucho tiempo después de que la señorita Isabelle se hubiese retirado a su nuevo hogar en la mansión Grisard, las comadres seguían hablando de ella, preguntándose por qué la antigua lavandera había vuelto del pasado, como un oscuro pájaro de mal agüero, para alterar la tranquila y aburrida rutina de Beaufort.

Efectivamente, durante los siguientes días hubo novedades en el pueblo. Isabelle hizo rehabilitar la mansión Grisard, pero no contrató para ello operarios de la zona, sino que, por lo que se decía, los había traído de París. Cuando se instaló en su nueva casa, lo hizo sola, a excepción de un enorme criado que nunca hablaba. Sus bruscos modos, su gesto adusto y su extraño aspecto (su cabello era completamente blanco, a pesar de su juventud) inspiraron al principio no pocas suspicacias entre los habitantes de Beaufort, pero terminaron por acostumbrarse a él, porque lo veían todos los días en el pueblo, haciendo la compra para la señorita Isabelle. Todos los tenderos y comerciantes del lugar acabaron por conocerle y por entenderle cuando gesticulaba y señalaba el género para pedir lo que quería comprar. Tampoco sabía escribir. Lo único que era capaz de trazar en un papel eran las seis letras de su nombre: Mijaíl, nombre que las gentes de Beaufort no habían oído nunca, y por tanto, no sabían pronunciar. De todos modos, al enorme criado no parecía molestarle oír su nombre chapurreado a la francesa, y enseguida se habituó a ello.

Así, mientras en Beaufort comenzaban a conocer y apreciar a Mijaíl, su ama, la señorita Isabelle, permanecía en la sombra. Desde el día de su llegada nadie más la había visto. Y como resultaba inútil preguntar por ella a Mijaíl, fue inevitable que volviesen a correr rumores.

—¿Qué clase de señorita no tiene ni siquiera una doncella en casa? —comentó la señora Chancel una tarde que tomaban el té con la señora Lavoine.

—Es una nueva rica —sentenció la señora Bonnard, sin lograr ocultar su envidia—. La fortuna le viene grande.

—Pero los nuevos ricos siempre alardean de su fortuna. Ellos son los primeros en buscarse no una, sino cuatro o cinco doncellas, un ejército de criados y hasta carruaje particular.

—Pues a mí me parece que comprar la mansión Grisard es un buen alarde de nuevo rico —intervino la señora Buquet, quien, a pesar de ser la esposa del alcalde, no podía permitirse tener más que una cocinera y una doncella.

—Pero, ¿no os parece raro que no salga nunca de esa vieja mansión? Y ese extraño criado que no habla… —añadió tímidamente la señora Lavoine.

—¿Qué quieres decir, Marie?

—Veréis. Yo creo que está enferma —la señora Lavoine bajó la voz—. Por eso se pasa el día encerrada. Seguro que ha contraído tuberculosis o…

—Tonterías —cortó autoritariamente la señora Bonnard—. Si estuviese tísica, se habría buscado un hotel en la costa. Es lo que hacen todos. O en la montaña. Hay buenos sanatorios en Suiza.

Hubo un breve silencio, durante el cual sólo se escuchó el tintineo de las cucharillas removiendo el té. Las cuatro comadres se habían dado cuenta de que la quinta mujer asistente a la reunión todavía no había dicho nada, cosa que no era habitual en ella. Esta quinta mujer era la señorita Dubois, una anciana de fuerte carácter que, aunque no se había casado nunca, gozaba de una gran autoridad en Beaufort.

18

—Escuchad, os propongo una cosa: ¿por qué no vamos a hacerle una visita? —dijo entonces la señorita Dubois, rompiendo su silencio.

Cuatro pares de ojos la miraron con estupor.

—¿A quién? ¿A Isabelle? —bufó la señora Bonnard.

—Claro, Régine, ¿a quién si no? —replicó la señorita Dubois, cáusticamente—. Se trata de darle la bienvenida al pueblo. Podemos llevarle obsequios. Yo he pensado en regalarle una cesta de manzanas de mi huerto. Marie puede hacer uno de esos pasteles suyos tan deliciosos. Elaine, las rosas de tu jardín están…

—Pero, ¿para qué vamos a hacerle regalos a esa fulana?

—¡Ah, Régine, sé más perspicaz! —la riñó la señora Chancel, la esposa del notario—. Se trata de una excusa para ir a ver la casa, ¿entiendes?

Pero miró a la señorita Dubois de reojo, para ver si había acertado con la intención de su propuesta.

—Evidentemente —asintió ella, para alivio de la señora Chancel—. Isabelle no será tan descortés como para dejarnos en la puerta. Así veremos cómo vive y podremos comprobar si, en efecto, está enferma o es sólo una jovencita extravagante.

—Lo malo es que la mansión Grisard está muy lejos —se quejó la señora Lavoine, que era pequeña y frágil—. Será una larga caminata…

—Sin embargo, Sophie tiene razón, deberíamos ir —dijo la señora Buquet, llena de remordimientos; se tomaba muy en serio su papel de esposa del alcalde, y se consideraba responsable de las relaciones sociales de la alcaldía con todos los habitantes de Beaufort, o al menos, con los más influyentes—. Deberíamos haberle dado la bienvenida hace tiempo…

La señorita Dubois asintió enérgicamente:

—Entonces Martine y yo iremos a ver a Isabelle. A mí no me asusta caminar.

—Tampoco a mí, Sophie —se rebeló la señora Bonnard—. Os acompañaré.

Los ojos de la señora Chancel brillaron tras sus lentes.

—¡Ah, no penséis que vais a divertiros sin mí! No me perdería por nada del mundo la oportunidad de averiguar qué esconde la pequeña Isabelle.

Las cuatro se volvieron entonces hacia la señora Lavoine.

—¿Qué dices, Marie?

Ella suspiró.

—De acuerdo, iré con vosotras. Y podéis contar con ese pastel.

Capítulo dos

Días después, las cinco mujeres enfilaron por el camino que conducía a la mansión Grisard, hablando animadamente. La señora Lavoine tenía razón: era un largo recorrido. La incansable señorita Dubois iba en cabeza, a pesar de su avanzada edad, y la señora Lavoine cerraba la marcha. Caminaba en silencio, sujetándose el chal, que le resbalaba sobre los hombros, porque había olvidado ponerse un broche antes de salir de casa. Junto a ella avanzaba la señora Bonnard, sudando y resoplando como una locomotora; sin embargo, todavía le quedaba aliento para contar con todo lujo de detalles a la señora Lavoine, la única que parecía dispuesta a escucharla, que había descubierto que la hija del carnicero se veía a escondidas con el chico de la herrería.

Delante de ellas caminaban la señora Chancel y la señora Buquet. La primera portaba una cesta con un ramo de rosas recién cortadas de variados colores; la segunda llevaba un juego de pañuelos bordados primorosamente con motivos florales y la «I» de Isabelle.

21

La señorita Dubois no se detuvo hasta que la mansión Grisard apareció ante sus ojos al doblar un recodo. Entonces hizo un alto en el camino para contemplarla, con gran alivio de la señora Bonnard. Las cinco contemplaron el viejo caserón.

—No parece que hayan hecho muchas mejoras, ¿verdad? —comentó la señora Buquet, expresando en voz alta los pensamientos de todas—. Al menos podrían haber pintado la fachada…

—Tal vez no sea tan rica después de todo —rezongó la señora Bonnard.

—O quizá se haya quedado sin dinero después de comprar la casa —apuntó la señora Buquet.

—Pues a mí esa casa me da mala espina —comentó la señora Lavoine en voz baja.

—Tonterías —zanjó la señorita Dubois—. Si a mí me dieran miedo las cosas viejas, saldría huyendo cada mañana al mirarme al espejo. ¡Andando, señoras!

Y las cinco reemprendieron la marcha hacia la mansión Grisard.

No tardaron en llegar a su destino, pero el panorama con que se encontraron no resultaba muy alentador. Descubrieron que el jardín parecía tan abandonado como el resto de la casa, y la señora Chancel, cuyas rosas eran envidiadas por todo Beaufort, contempló apenada el magnífico ramo que le llevaba a aquella joven que, aparentemente, no apreciaba lo más mínimo la jardinería. El terreno que rodeaba la casa estaba invadido por matojos y malas hierbas, y la esposa del notario descubrió con desagrado algunas matas de plantas tan poco ornamentales como cicu-

22

ta, matalobos, ajenjo y especies peores. Se paró a examinar los raquíticos rosales silvestres que crecían junto a la puerta y bajo las ventanas, y movió la cabeza tristemente. Aquel jardín parecía una selva salvaje.

Fue la señora Bonnard quien, con autoridad, descargó la aldaba sobre la puerta.

Esperaron un buen rato.

—Mejor vámonos —susurró la señora Lavoine, temerosa.

—Tiene que estar en casa —murmuró la señora Buquet.

La señora Bonnard llamó de nuevo.

En esta ocasión oyeron pasos; sólo la señora Lavoine advirtió que se trataba de pasos demasiado pesados para pertenecer a Isabelle, pero no se atrevió a hablar. Las otras cuatro prepararon sus sonrisas y mostraron sus cestas mientras la puerta se abría…

La luz bañó una figura enorme, imponente y sombría. La señora Lavoine no pudo evitarlo y gritó.

Enseguida se dio cuenta de su error. Se trataba de Mijaíl, el criado mudo de la señorita Isabelle. Y aunque todas ellas lo habían visto alguna vez en el pueblo, el gigantón presentaba un aspecto bastante más tétrico a la lánguida luz de la tarde.

La señora Buquet consideró que ella, como esposa del alcalde, era la representante de aquella comitiva, de modo que se armó de valor y dijo:

—Buenas tardes, Mijaíl, ¿está la señorita Isabelle en casa? Hemos venido de visita.

El mayordomo, que no iba vestido como tal, observó a la señora Buquet y se la quedó mirando un momento. Después emitió un sonido que podría interpretarse como un gruñido de asentimiento y cerró la puerta de golpe.

Cuando las cinco se hubieron recuperado de la sorpresa, la señora Buquet exclamó, disgustadísima:

—¡Pero... pero... qué grosero!

La señorita Dubois, muy pálida, asentía solemnemente, y la señora Chancel se había quedado sin habla.

—Vámonos —sugirió la señora Lavoine.

—Desde luego —convino la señora Buquet—. ¡Cuando se lo cuente a mi marido...!

Las cinco dieron la espalda a la casa y se recogieron las faldas para bajar las escaleras; pero entonces oyeron tras ellas el chasquido de la puerta al abrirse, y una voz femenina, suave y educada, les preguntó:

—¿Puedo ayudarles en algo?

Se volvieron las cinco a una, y vieron a Isabelle contemplándolas desde la entrada. La joven llevaba un sencillo vestido oscuro; en esta ocasión pudieron verle el rostro, hermoso, como ellas lo recordaban, pero marcado por la huella de muchas penalidades. La piel de Isabelle estaba extremadamente pálida, y sus labios parecían resecos y agrietados. Profundas ojeras enmarcaban sus ojos, iluminados por un extraño brillo febril.

La señora Bonnard no se dejó conmover.

—¡Señorita Isabelle! ¡Su... su... bruto criado nos ha cerrado la puerta en las narices!

—Les pido disculpas —dijo ella suavemente—. Mijaíl no sabe todavía cómo tratar a las visitas, pero no pretendía echarlas. Simplemente, subió a avisarme. Les ruego perdonen sus rudos modales. Les aseguro que hablaré con él al respecto.

Ya más calmada, la señora Bonnard fue a añadir algo más; pero la señora Buquet no estaba dispuesta a que su amiga le robase el protagonismo que ella merecía por ser la esposa del alcalde, de modo que se apresuró a hablar:

—Señorita Isabelle, hace tiempo que deseábamos darle la bienvenida al pueblo que la vio nacer, pero no hemos tenido la oportunidad, ya que nunca se la ve por el mercado, ni tampoco por la iglesia —dijo esto en tono más bajo, como si no se atreviera a pensarlo siquiera—. Nos preguntábamos si no estaría usted enferma, y nos hemos tomado la libertad de venir a visitarla, puesto que su… Mijaíl… no podía contarnos nada acerca de usted.

—Se lo agradezco, señora Buquet, pero me encuentro perfectamente —su aspecto desmentía sus palabras, y la señora Lavoine y la señorita Dubois cruzaron una mirada significativa—. Y lamento que hayan hecho ustedes el viaje en vano; en estos momentos, no puedo recibirlas.

—¡Pero, señorita Isabelle, hemos hecho una larga caminata desde el pueblo!

—Lo sé, y no saben ustedes cuánto lo lamento; pero la casa apenas tiene muebles, y no podría ofrecerles asiento a todas. Compréndanlo: nunca viene nadie a visitarme.

—Le hemos traído regalos de bienvenida —dijo la señora Lavoine con timidez, mostrándole la cesta en la que traía el pastel, cubierto por un paño.

Un destello de calor iluminó brevemente los ojos cansados de Isabelle.

—¡Oh, qué amables! Pero no puedo aceptarlos, no después de lo mal que me he portado con ustedes… Si no puedo ofrecerles ni una silla, ¿cómo voy a quedarme con sus regalos? ¡No los merezco!

—Ande, niña, no sea usted ridícula —zanjó la señorita Dubois—. Si no quiere recibirnos, dígalo claramente, pero no ponga excusas tontas, que no nací precisamente ayer.

—No es una excusa, señorita Dubois, es la verdad. Soy una mujer sencilla, como todas ustedes saben, y poco dada a la vida social. La casa apenas está amueblada porque no lo consideré necesario, ya que yo me arreglo con poca cosa. Además, no la compré para alardear de ella, sino porque se trataba de un lugar tranquilo y aislado, donde podría disfrutar de la soledad que necesito. Pero si no me creen, adelante, pasen —se hizo a un lado para franquearles la entrada—. Y si encuentran en toda la casa un lugar apropiado para celebrar una reunión social, estaré encantada de atenderlas.

Como una solemne procesión, las cinco señoras recorrieron la mansión Grisard, guiadas por Isabelle. Descubrieron que el interior de la casa había sido empapelado recientemente, que no había una sola mota de polvo, que las ventanas eran nuevas y que habían cambiado la madera del suelo. Por lo demás, todo era como Isabelle les había dicho: las habitaciones estaban vacías y las paredes desnudas, y todo presentaba tal aspecto de desolación y abandono que la señorita

Dubois se dijo que, para una mujer joven como Isabelle, vivir allí era como encerrarse en una tumba prematuramente.

Tan sólo hallaron dos habitaciones amuebladas, pero tan espartanas que parecían las celdas de un monasterio. Una de ellas era la de Isabelle; la otra, la de Mijaíl. Ambas estaban lo suficientemente alejadas la una de la otra como para que la señora Bonnard no concibiese ideas maliciosas al respecto, pero ni siquiera ella podría haber adivinado cuál de las dos era la del hombre y cuál la de la joven.

El salón también estaba completamente desnudo, a excepción de un pequeño sofá, viejo y deslucido, frente a la chimenea. Tan sólo había una mesita y dos taburetes en la cocina, que sí estaba convenientemente equipada.

—¿Comen los dos en la cocina? —se espantó la señora Buquet.

—Sí, pero por separado, ya que nunca coincidimos. Verán, yo padezco de insomnio, y si logro conciliar el sueño suele ser durante el día. Mijaíl, en cambio, duerme por la noche —sonrió débilmente—. Si no lo tuviese conmigo, me temo que no tendría qué comer, puesto que todos los días llegaría al mercado demasiado tarde para hacer la compra. Me temo que soy una criatura un tanto noctámbula.

Ninguna de las comadres correspondió a su sonrisa. Apesadumbradas, se dirigieron de nuevo hacia la puerta.

—Lo lamento —se disculpó otra vez Isabelle—. Creo que no soy una vecina al uso.

—No se preocupe —decidió la señora Buquet, resueltamente—. Le damos la bienvenida igualmente, con regalos incluidos.

La señora Bonnard gruñó por lo bajo, pero dejó su cesto de magdalenas junto con los demás obsequios (en el suelo, porque no hallaron otro lugar), sin hacer comentarios.

—Son ustedes muy amables —dijo Isabelle—. Mijaíl lo llevará todo a la cocina. Si lo desean, él puede acompañarlas en el camino de vuelta.

—No es necesario —replicó la señorita Dubois—. Sabremos regresar solas.

Una tras otra, las comadres salieron de la casa. La señorita Dubois fue la última. Antes de bajar las escaleras de la entrada, sin embargo, se volvió de nuevo hacia Isabelle y la miró a los ojos.

—Es usted una mujer extraña, ¿lo sabía?

Isabelle no dijo nada, pero sostuvo su mirada sin pestañear, y la anciana se preguntó cómo podían irradiar tanta fuerza los ojos de una mujer de cuerpo tan frágil y delicado.

—Cuídese —concluyó la señorita Dubois—, y no haga tonterías.

Tampoco esta vez respondió Isabelle, pero asintió. La señorita Dubois se unió a sus compañeras, y las cinco abandonaron el jardín de la mansión Grisard presas de un extraño abatimiento. Ninguna de ellas volvió a hablar hasta que torcieron por el recodo y la casa ya no fue visible a sus espaldas.

—Está loca —dijo por fin la señora Bonnard, rompiendo el silencio.

—Pues yo creo que está enferma, diga lo que diga —la contradijo la señorita Dubois—. Puede que incluso haya venido a Beaufort a morir. Entonces todo tendría sentido. Si no espera vivir más que unas semanas, o unos meses…, ¿para qué molestarse en amueblar la casa? ¡Mejor ahorrar para el entierro!

—Pues, si yo estuviese en su lugar y tuviese mucho dinero —opinó la señora Chancel—, viviría a lo grande mis últimos días. No me encerraría en un caserón vacío…

—Cuando uno está muy enfermo no tiene ganas de diversiones. Puede que sufra horribles dolores…

—¡Y por eso no puede dormir! —comprendió la señora Lavoine, conmovida—. ¡Pobrecilla!

—¡Bah, bah! —resopló la señora Bonnard—. ¡Yo sigo pensando que está completamente loca!

Una brisa helada recorrió el camino. La señora Lavoine se estremeció, y fue entonces cuando se dio cuenta de que había perdido el chal.

Las cinco mujeres se miraron unas a otras, indecisas.

—Vosotras seguid hacia el pueblo —dijo la señorita Dubois, enérgicamente—. Marie y yo volveremos a buscar el chal.

—Pero, Sophie… —quiso protestar la señora Buquet—. Se os hará de noche…

—Todavía no estamos muy lejos. Si volvemos mañana, tal vez ya no lo encontremos. Caminaremos deprisa.

De modo que la señora Lavoine y la señorita Dubois regresaron sobre sus pasos hasta la mansión Grisard.

Hallaron el chal enredado en los matorrales del salvaje jardín. Mientras la señora Lavoine lo sacudía para volver a colocárselo sobre los hombros, su amiga se giró para contemplar la sombra de la casa que se alzaba ante ellas. No había luces en las ventanas, pero un resplandor parpadeante se filtraba por un ventanuco a ras de suelo. «Debe de ser la despensa», se dijo la señorita Dubois, sin caer en la cuenta de que Isabelle no les había enseñado aquella parte de la casa.

La señora Lavoine ya estaba lista para marcharse. Las dos dieron, de nuevo, la espalda a la mansión Grisard.

Y entonces un grito rasgó el silencio del crepúsculo, un aullido inhumano que les heló hasta el tuétano de los huesos, un alarido que parecía haber sido lanzado por un condenado al tormento perpetuo en el infierno. Aquel escalofriante sonido, que no se parecía a nada que las dos mujeres hubiesen escuchado antes, se expandió hacia el páramo, buscando quizá luz en las tinieblas, o tal vez un alma humana en la que instalarse para poblar sus peores pesadillas por toda la eternidad, y quedó flotando en el aire durante un largo y estremecedor segundo antes de extinguirse por completo.

La señorita Dubois se volvió hacia la casa como movida por un resorte, pero su amiga se había quedado clavada en el sitio, aterrorizada y tan pálida que, por un momento, su rostro rivalizó en blancura con el de la dueña de la mansión Grisard.

—¿Qué ha sido eso? —murmuró la señorita Dubois, estremeciéndose.

—Por el amor de Dios, Sophie, ¡vámonos de aquí! —la voz de la señora Lavoine sonó extraña, como el chillido de un ratón.

A pesar de su avanzada edad, la señorita Dubois era valiente, enérgica y decidida.

—Pero, ¿y si alguien ha entrado en la casa de Isabelle?

La señora Lavoine palideció aún más, si es que eso era posible. Se arrebujó en su chal y fue a decir algo, pero no le salieron las palabras. Inspiró profundamente, dio media vuelta y echó a correr.

—¡Marie, espera, no te vayas sola!

La señorita Dubois no tuvo más remedio que seguir a su amiga.

Ninguna de las dos vio el rostro que las espiaba desde una de las ventanas del caserón de Isabelle.

La sombra de la mansión Grisard las persiguió durante un buen trecho, pero aquel espeluznante grito no volvió a repetirse.

Capítulo tres

Maximilien Grillet observó atentamente a las dos mujeres que se habían sentado frente a él en su despacho. Las conocía desde que era niño. La señora Lavoine era tímida, pequeña y asustadiza. Más de una vez, Max había tenido que acudir a su casa en plena noche, porque ella creía haber oído a un ladrón en el jardín, cuando en realidad se trataba de un gato, o del viento sacudiendo las ramas de los árboles. Y no ayudaba el hecho de que su marido, que era comerciante, hiciese frecuentes viajes a París, dejándola sola en casa con una criada que era casi tan miedosa como ella. A la señora Lavoine raramente se la veía sin su gran amiga, la señora Bonnard. Max dudaba que fueran realmente amigas, pero la señora Bonnard era muy autoritaria, y tal vez eso inspiraba seguridad a la señora Lavoine, quien, por su parte, constituía una oyente paciente y abnegada para todos los chismes que la maliciosa señora Bonnard tenía para contar.

Pero aquel día la señora Lavoine venía acompañada por otra mujer enérgica, la señorita Dubois. Max había oído decir que la señorita Dubois había rechazado a cuantos hombres la habían pretendido desde que tenía quince años. Su fuerte carácter nunca había sentido la necesidad de compañía masculina, o al menos eso parecía. La señorita Dubois seguía soltera a sus más de sesenta y cinco años, pero se movía con la energía de una jovencita, hablaba con la autoridad de una matrona y gobernaba su casa con la incuestionable potestad de una viuda, ya que había sobrevivido a todos sus familiares y no tenía marido ni hijos que pudiesen disputarle el mando.

A Max no le habría sorprendido oír de labios de la señora Lavoine una historia como la que le acababan de contar, pero no era propia de la sensata señorita Dubois.

—¿Es que no nos cree, señor gendarme? —preguntó la señora Lavoine, abriendo al máximo sus ojos azules.

Lo cierto era que Max dudaba.

—Mira, Max —la señorita Dubois no se andaba con rodeos, y no veía por qué debía tratar de usted a un joven al que, por muy gendarme que fuera, había visto crecer desde la cuna—. Tengo mis años, pero aún no estoy sorda, gracias a Dios. Y te digo que oímos un grito en esa casa. Bueno, más que un grito…, un aullido, o algo así. ¡Jesús!, me puso los pelos de punta. No sé quién podría ser capaz de chillar así. Y lo oímos…

· —…Cuando fueron a recoger el chal —completó Max—. Sí, ya me lo han contado. Pero comprendan ustedes que se hallaban en una situación extraña.

Habían ido caminando hasta esa tétrica mansión, y el comportamiento de Isabelle no fue el que esperaban. En esas circunstancias, no es extraño que creyeran oír…

—¡Yo no «creí oír» nada, Max! ¡Yo oí!

—No le discuto, señorita Dubois, que usted oyó algo. Pero esa historia del aullido que no parecía de este mundo… Comprenda que ustedes dos estaban alteradas y…

—No me digas cómo estaba, jovencito. Lo sé perfectamente, y tengo la cabeza mejor que tú.

—De acuerdo, de acuerdo. Resumiendo: ustedes temen que haya podido ocurrirle algo a la señorita Isabelle, ¿no es así? Pero esta misma mañana he visto a Mijaíl en la plaza, y estaba tan tranquilo como en otras ocasiones.

—¡Tal vez ese grandullón haya atacado a la señorita Isabelle para quedarse con su dinero! —exclamó la señora Lavoine.

Pero Max negó con la cabeza.

—No, señora. Mijaíl será extraño, pero es un buen hombre.

Recordó cómo lo había visto una tarde jugando con los niños, permitiendo pacientemente que ellos trepasen por su enorme cuerpo como si escalaran una montaña.

—Puede que sea algo rudo, pero yo creo que se debe a que es extranjero y, además, un hombre sencillo. ¿Se han fijado en sus manos? Son manos grandes, morenas y callosas, manos acostumbradas a trabajar duro.

35

La señorita Dubois esbozó una media sonrisa. No ignoraba que, desde niño, Max había tenido fijación con las manos de la gente. Nunca le había preguntado qué opinaba de sus manos, pero Max ya las había catalogado tiempo atrás. Las manos de la señorita Dubois eran pequeñas y de ademanes suaves. Se cerraban con firmeza en pocas ocasiones; sin embargo, cuando lo hacían, rara vez soltaban lo que habían atrapado. En cambio, las manos regordetas de la señora Lavoine se abrían y cerraban a menudo, buscando algo a lo que aferrarse.

—Tienes razón. No creo que Mijaíl sea un criminal —dijo finalmente la señorita Dubois.

Se levantó de su asiento, y la señora Lavoine la imitó, algo desilusionada.

Max las acompañó hasta la puerta de la gendarmería.

—De todos modos harías bien en pasarte por la mansión Grisard. Esa muchacha está gravemente enferma, y que yo sepa no la visita ningún médico —añadió la señorita Dubois, ajustándose el sombrero antes de salir.

—¿Quién, Isabelle?

—Muy agudo, señor gendarme —replicó la señorita Dubois ácidamente—. Y ahora, si nos disculpa, llegamos tarde a una reunión de la junta parroquial.

Las dos mujeres salieron de la gendarmería, y Max se quedó solo de nuevo. Se puso a revisar el trabajo pendiente, pero pronto tuvo que reconocer que no era mucho. En Beaufort nunca pasaba nada, y sólo las falsas alarmas de la señora Lavoine le daban algo que hacer de vez en cuando.

En realidad, la última vez que había sucedido un hecho destacable en el pueblo había sido, también, a causa de Isabelle.

Entonces Max no estaba todavía a cargo de la gendarmería, sino que era el ayudante del viejo señor Gallois, el antiguo gendarme. Él había sido el encargado de investigar la huida de Isabelle.

Max tenía sólo un par de años más que Isabelle y, como todos los jóvenes del pueblo, se había fijado en ella alguna vez. Pero la muchacha era descarada y altiva, y aquello era escandaloso, sobre todo tratándose de una hija de nadie como ella. Mujeres como la señora Bonnard, o incluso la misma señorita Dubois, habían criticado duramente su modo de actuar, pero Isabelle pareció ser insensible a sus observaciones.

Para evitar que se descarriara, el párroco de Beaufort, el anciano señor Rougier, la había empleado en su casa como asistenta del ama de llaves. Le había enseñado a leer y a escribir y la había iniciado en la lectura de obras piadosas.

Fue entonces cuando ella conoció al joven Philippe de Latour.

Max no sabía dónde ni cómo habían entrado en contacto, puesto que procedían de clases muy distintas. Philippe era hijo de un noble que veraneaba en Beaufort, que hasta no hacía mucho había sido la localidad elegida por un par de familias ilustres para pasar la época estival.

Cuando el idilio salió a la luz, el marqués de Latour envió a su hijo a estudiar lejos, e Isabelle, simplemente, abandonó aquella misma noche la casa del párroco, sin decir nada a nadie. Junto con Isabelle desapareció la medalla de plata del ama de llaves, y por ese motivo, Max y el señor Gallois habían tenido que intervenir.

Isabelle había sido una muchacha insolente y temeraria, pero nunca una ladrona. Sin embargo, los habitantes de Beaufort la habrían tachado de cosas peores porque les parecía que no era una mujer decente.

Finalmente, la medalla apareció. Se había desprendido del cuello del ama de llaves y había ido a caer en una hendidura entre dos de las tablas del suelo. Probablemente se habría perdido mucho antes de que Isabelle se marchara, pero el señor Gallois se abstuvo de comentar esto último con nadie más que con su ayudante.

No, Isabelle no era una ladrona, pero no pudo evitarse que su nombre quedara empañado por un suceso con el que, en el fondo, ella no había tenido nada que ver. La señora Bonnard habría dicho al respecto que se lo tenía bien merecido y que, si ella no había robado la medalla, era porque no había tenido la oportunidad. ¿Qué muchacha decente, que viviese de la caridad de un protector, huiría de su casa para ir tras el hijo de un noble?

Max suspiró y se preguntó, por primera vez, si Isabelle habría cambiado mucho. Hacía ya varias semanas que ella se había instalado en la mansión Grisard, pero él no la había visto aún.

Se dio cuenta de que en realidad no tenía nada que hacer aquella tarde. Se encogió de hombros y salió de la gendarmería.

Lo que para las cinco comadres había sido una larga caminata el día anterior, fue para Max Grillet un agradable paseo. Con todo, entendió enseguida la consternación de las mujeres al ver la mansión Grisard en el estado en que se hallaba. Recordó los peones venidos de París y se preguntó qué trabajo habían hecho allí.

Cuando llamó a la puerta, fue Mijaíl quien abrió. Max esperaba que le cerrase la puerta, pero Isabelle debía de haber hablado con él, porque el hombretón lo invitó a pasar a una habitación en la que sólo había una silla, vieja y desvencijada.

Max se sentó con precaución. Mientras esperaba, le llegó un delicioso aroma a café recién hecho. Apenas unos momentos después, Isabelle apareció en la puerta.

Max comprendió de inmediato la preocupación de la señorita Dubois. La joven estaba muy blanca, y parecía tan frágil como una muñeca de porcelana. Max reprimió el impulso de correr hasta ella para sostenerla, porque parecía a punto de caer al suelo.

Pero Isabelle no cayó. Avanzó hacia él, segura y sonriente, y en sus ojos todavía latía aquel fuego interior que, cinco años atrás, había desafiado a todo Beaufort.

—Max Grillet —dijo ella; y él se sorprendió de que recordara su nombre—. ¿O debería decir «señor gendarme»?

Max sintió que enrojecía, a su pesar.

—Max, si no le molesta —farfulló—. Encantado de verla de nuevo, señorita Isabelle.

Ella sonrió con cierta amargura, y Max comprendió perfectamente a qué se debía. Hasta su llegada, respaldada por su nueva fortuna, Isabelle había sido tenida en Beaufort por poco más que una furcia.

—También yo me alegro de verle, Max. ¿A qué debo su visita?

—Bien, la… señorita Dubois y compañía estuvieron ayer aquí.

—Sí, eso es cierto.

—No se llevaron muy buena impresión.

—Tampoco lo pretendía. Sé exactamente lo que habían venido a hacer a mi casa.

La joven se volvió hacia él, con los ojos llenos de un nuevo brillo:

—¿Le apetece un café?

—Sí, gracias —aceptó Max, consciente de que aquello era más de lo que las cinco señoras habían obtenido de Isabelle el día anterior.

La siguió hasta la cocina y ocupó una de las sillas. Observó a Isabelle en silencio mientras preparaba el café. De manera inconsciente, se fijó en sus manos; pero llevaba un vestido de mangas muy largas que sólo dejaban ver los dedos, unos dedos largos y finos, pero de grandes nudillos, fruto sin duda de los años en los que la joven había trabajado como lavandera.

—¿Por qué no contrata a una doncella para que le haga este tipo de trabajo?

—Porque yo, a diferencia de otras, sé hacer las cosas sola —fue la respuesta; Isabelle le ofreció una taza de café y después se sentó a su lado—. Y, dígame, ¿la señorita Dubois y compañía han visto algo sospechoso en mi casa? Porque debo decirle que, si no tengo muebles, es porque no los quiero. Y fíjese, si hubiese dispuesto de un salón como Dios manda, habría tenido que aguantar a esas cinco chismosas toda la tarde, y no es algo que me seduzca especialmente, ¿sabe?

Max no pudo reprimir una sonrisa.

—No, no creo que haya nada sospechoso en su casa, señorita Isabelle. Supongo que les llamaría mucho la atención la… eh… sencilla decoración de su nuevo hogar, pero aún no han llegado al extremo de llamar al gendarme por eso.

—Oh, no se preocupe; tratándose de ellas, todo se andará, no lo dude. Así pues, ¿usted ha venido sólo para hacer una visita de cortesía?

—Tampoco —confesó Max, avergonzado—. La señora Lavoine perdió el chal en el jardín de su casa, y ella y la señorita Dubois volvieron atrás para recuperarlo —miró a Isabelle, pero ella lo observaba impasible, con la taza de café entre las manos—. Dicen que oyeron un grito.

—¿Un… grito? —repitió Isabelle en voz baja.

—O un aullido. La verdad es que no se ponían de acuerdo en esa cuestión. No han sabido decirme si era humano o pertenecía a algún tipo de animal. Lo que sí han afirmado es que era: «escalofriante», «espeluznante», «estremecedor»… Y se lo digo literalmente.

Max notó que las manos de Isabelle temblaban. La joven dejó la taza sobre la mesa y lo miró.

—No me asuste, Max. No hay animales salvajes por los alrededores. ¿Qué se supone que…?

—Dicen que venía de su casa.

—¿De esta casa?

La joven frunció el ceño; entonces (¿fue la imaginación de Max, o se trataba de un gesto poco natural, casi como ensayado?), ella sonrió ampliamente y se dio un golpecito en la frente.

—¡Oh, ya recuerdo! Fue Mijaíl. Al pobre, se le cayó un martillo en el pie.

—¿De verdad? Lo he visto esta mañana y hace un momento, y no cojeaba.

—Porque es un hombre duro, Max —replicó Isabelle, impertérrita—. Si llega a saber que esas dos señoras estaban en el jardín, seguro que ni siquiera habría gritado. Así que, ya ve. Todo es distinto a la luz del día.

—Sí, claro —murmuró Max; apuró su taza de café y se levantó—. Siento haberla molestado, Isabelle.

—No lo ha hecho.

Pero la joven se movió ágilmente hacia la puerta, y el gendarme advirtió que, pese a sus palabras, ella estaba deseando quedarse a solas otra vez. Ya en la entrada, Max se volvió hacia ella.

—La señorita Dubois también me pidió que me interesase por su salud.

—¿Por mi… salud?

—Ella opina que está usted enferma. Y a mí me da la sensación de que tiene razón. Dígame, ¿ha ido usted al médico?

—No estoy enferma, sólo cansada. Ya se lo expliqué a la señorita Dubois. No duermo bien por las noches.

Max le dirigió una mirada penetrante.

—Y si continúa usted tomando café al anochecer, seguirá sin lograr conciliar el sueño.

—¡Oh! —dijo solamente Isabelle, como una niña cogida en falta—. Lo recordaré.

Max se alejó de la mansión Grisard, no del todo convencido de las explicaciones de Isabelle. Aunque seguía adivinándose en ella aquella energía que la había caracterizado en su adolescencia, el pálido fantasma que lo observaba desde la entrada de la casa poco tenía que ver con la chiquilla resuelta y vivaz que había abandonado Beaufort en pos de su amado, cinco años atrás.

Capítulo cuatro

Si Max esperaba ver a Isabelle aquel domingo en la iglesia, sufrió una decepción. Aunque ella había faltado a la misa los tres domingos que habían transcurrido desde su llegada a Beaufort, aquélla era la primera vez que el joven gendarme notaba su ausencia.

Al terminar los oficios, Max se quedó un rato más en la iglesia. La señora Bonnard pasó junto a él, comentándole a la señora Lavoine:

—¿Qué te dije? Hoy tampoco ha venido. ¡Y nos dijo que no estaba enferma, luego no tiene ninguna excusa para dejar de asistir a misa!

A Max no le cupo la menor duda de que ambas hablaban de Isabelle.

Esperó un poco más hasta que juzgó que era buen momento, y entonces se dirigió a la sacristía.

—Padre Rougier… —dijo desde la puerta, carraspeando.

El párroco se volvió hacia él, todavía con la casulla entre las manos.

—Buenos días, Max… Pasa.

Hablaron de asuntos intrascendentes durante unos minutos, hasta que un largo silencio obligó a cambiar de tema.

—Padre Rougier… —dijo entonces Max, algo incómodo—. En realidad lo que yo quería era preguntarle acerca de alguien.

El viejo vicario rió por lo bajo.

—¿Te ha llamado la atención alguna jovencita? Bien, me alegro de que hayas venido a consultarme —añadió al ver que Max parecía azorado—, porque eso significa que va en serio. A tu edad, ya deberías ir pensando en sentar la cabeza…

—Mi interés es simple curiosidad, padre. Siento decepcionarle, pero lo cierto es que vengo a hablar con usted porque la mujer que me intriga no le es precisamente desconocida.

El párroco fijó en él unos ojillos inquisitivos.

—Ahora eres tú el que me deja intrigado… ¿De quién estamos hablando exactamente?

—De Isabelle… —de pronto, Max se dio cuenta de que no conocía su apellido, y trató de subsanarlo facilitando otros datos—. Ya sabe, la muchacha huérfana que usted…

—No conozco a ninguna Isabelle —cortó el padre Rougier bruscamente.

Max lo miró, perplejo. Iba a dar más detalles al párroco para refrescarle la memoria, pero entonces se dio cuenta de que, en realidad, el padre Rougier no quería volver a saber nada de la joven que había huido de su casa cinco años atrás y a la que, con toda seguridad, recordaba muy bien.

No pudo evitar sentirse indignado. Sabía que el padre Rougier era un hombre muy estricto, y comprendía que Isabelle había ido demasiado lejos fugándose tras el joven Latour. Pero, ¿por qué debía alguien quedar marcado para siempre por un error de juventud?

Había captado perfectamente que el párroco no quería seguir hablando del tema, pero aun así insistió:

—¿Sabía usted que ha vuelto a Beaufort, y que ahora reside en la mansión Grisard?

El padre Rougier alzó la cabeza para mirarlo a los ojos.

—No conozco a esa joven —repitió, despacio—. Y ahora, si me disculpas, tengo asuntos que atender.

Max hizo una última tentativa:

—Tengo razones para pensar que está enferma y...

Un carraspeo nervioso lo interrumpió. Los dos hombres se volvieron hacia la puerta y descubrieron allí a un tercero. Vestía una camisa vieja y unos pantalones que habían perdido su auténtico color mucho tiempo atrás. Tenía la vista clavada en el suelo y sus manos jugueteaban nerviosamente con su gorra.

—No quería interrumpir...

—No lo haces, Henri —le aseguró el párroco—. El señor Grillet ya se iba. ¿Has venido a disculparte por no haber podido asistir al oficio? Comprendo que...

—No es por eso, señor cura, pero dispense usted. Es que he tenido un problema en la granja y... —sus ojos se alzaron para clavarse en Max—. En realidad, venía buscándole a usted, señor gendarme.

Momentos después, ambos salían de la iglesia en dirección a las afueras de Beaufort, montados en el carro del granjero. Henri Morillon era un hombre de pocas palabras, pero Max había captado lo fundamental, y estuvo dándole vueltas mientras los dos hombres se dirigían en silencio hacia la granja.

Henri Morillon no era el granjero más rico ni el más viejo de la comarca, pero sí el más respetado. Ningún otro se aplicaba con tanta pasión a su trabajo ni conocía las reses tan bien como él. Por eso, Henri era solicitado a menudo por otros hacendados cuando sus animales caían enfermos. Y aunque él apenas sabía leer ni escribir, los otros granjeros confiaban más en su criterio que en las apreciaciones de cualquier veterinario de la ciudad.

Como todos los habitantes de Beaufort, Max sabía todo esto. Y por ello no dejaba de preguntarse qué habría sucedido para que Henri corriese a buscarlo con tanta prisa, a causa de, según había entendido, una vaca muerta.

El carro se desvió por un camino particular hasta llegar a la granja, y se detuvo junto al establo. Henri bajó de un salto, y Max lo imitó.

—Anoche oímos ruidos —explicó el granjero—. Los animales estaban muy asustados, y el perro…, bueno, en lugar de correr a ver qué pasaba, se volvió como loco y quería entrar en la casa, como si estuviese muerto de miedo, ¿me entiende? Yo sabía que había algo en el establo…

—¿Algo? ¿El qué?

—No lo sé —su rostro se endureció—. Mi mujer estaba muy asustada y no quiso que abriera la puerta.

No añadió nada más.

Entraron en el establo. Había cuatro vacas y un caballo percherón, que se giró para olisquearlo con curiosidad. Cuando los ojos de Max se acostumbraron a la penumbra, vio dos figuras al fondo del establo, junto a una ventana que parecía haber sido arrancada de cuajo de su marco.

Eran la res muerta y un muchacho de unos once o doce años, que contemplaba el cadáver, acuclillado en el sucio suelo del establo. Se trataba de Fabrice, uno de los hijos de Henri.

El granjero gruñó, y el chico se apresuró a salir de allí.

—Entró por aquí —dijo Henri, señalando la ventana destrozada.

No hizo más comentarios, pero Max apreció que, fuera lo que fuese, poseía una fuerza sobrehumana, porque ni tres hombres robustos habrían podido causar aquellos daños.

Entonces Henri se apartó para que Max pudiese ver el cuerpo de la vaca, y él avanzó, algo inseguro, para echar un vistazo.

Deseó enseguida no haberlo hecho.

Muchos años después, el cadáver de aquella vaca todavía seguiría poblando sus peores pesadillas.

Aquella tarde, aún alterado por lo que había visto en la granja de Henri Morillon, acudió a visitar al señor Chancel, el notario, que era aficionado a la ciencia y a la historia natural. Por el momento, quería ser discreto con respecto al caso, para que no cundiese el pánico entre los granjeros y los ganaderos de la zona;

por ello no dio muchos detalles al notario, aunque era inevitable que éste se mostrase intrigado.

—De manera que usted, señor Grillet —dijo, mirándolo con el ceño fruncido—, desea saber si existe algún tipo de animal capaz de matar a una vaca sin dejar huellas.

Max no pudo reprimir un estremecimiento. De nuevo acudió a su mente el extraño aspecto de la res muerta, que no mostraba señales de violencia, pero estaba anormalmente delgada y con la piel tirante, y recordaba vagamente a un animal disecado.

—No exactamente: dejando dos marcas pequeñas, rojas y redondas, como de colmillos.

Morillon le había mostrado las marcas en el cuello de la vaca. A Max le había costado creer que una herida tan pequeña pudiese haber resultado tan letal.

—¿Colmillos? —repitió el notario, alzando una ceja—. Entonces no es tan difícil. Me está usted hablando de algún tipo de víbora.

Max hizo una pausa antes de responder, lentamente:

—Podría ser. Pero, señor Chancel, ¿podría una víbora dejar sin sangre a la vaca en cuestión?

—¿Quiere decir, hacer que se desangrase?

—No. Hacer desaparecer su sangre. Como… si se la hubiese bebido.

Max habría dado lo que fuera por poder olvidar el momento en que Morillon le había rebanado el cuello al cadáver para mostrarle que por dentro estaba seco, completamente seco; y no había una sola gota de sangre en el suelo.

El señor Chancel parpadeó, perplejo.

—¿Como los mosquitos, quiere decir?

Max apartó la mirada. Pero aún veía ante sí los ojos sin vida de la vaca muerta, ojos que todavía mostraban una expresión tan humana de absoluto terror que producía escalofríos. Ningún mosquito habría podido hacer aquello. Ni aunque tuviese el tamaño de un halcón.

—Supongo que sí.

El notario miró un momento al gendarme, y luego se echó a reír.

—Por el amor de Dios, señor Grillet, ¿a qué viene todo esto?

—Simple interés científico —replicó Max, encogiéndose de hombros; esperaba que el señor Chancel no se diese cuenta de que estaba más alterado de lo habitual—. Cuentan que en una ocasión sucedió algo así cerca de Nîmes —mintió—. Supongo que se trata de una simple patraña, pero sentía curiosidad. Le estaría muy agradecido si lo averiguase por mí.

El notario tardó un poco en contestar.

—Bien —dijo finalmente—, personalmente creo que es una patraña, pero lo investigaré de todos modos. Tengo un primo en Chartres que estudia en la universidad, y se está especializando en Ciencia Natural. Le escribiré.

—Se lo agradezco, señor Chancel.

Aquella conversación había sido privada, pero, naturalmente, la señora Chancel se enteró, ya que había estado espiando desde el otro lado de la puerta cerrada, habilidad ésta en la que ella era singularmente diestra. Le faltó tiempo para relatarlo todo en la reunión que aquella tarde tuvo lugar en casa de la señorita Dubois, donde el grupo de amigas había acudido, como era su costumbre, para tomar el té.

—¿Y qué tiene eso de particular, Elaine? —preguntó la señorita Dubois, frunciendo el ceño—. ¿Por qué habrían de interesarnos a nosotras las vacas?

—O los mosquitos —colaboró la señora Lavoine.

—Porque le interesan al gendarme, Sophie —replicó la señora Chancel, con los ojos brillantes tras sus lentes—. Ha venido expresamente a mi casa para preguntar a mi marido por un animal capaz de beberse la sangre de una vaca. ¿Sabes lo que eso significa?

—¿Que algo así ha sucedido por aquí cerca?

—Pero eso no puede ser —intervino la señora Buquet—. Una noticia así no tardaría en saberse en el pueblo.

Además, daba por hecho que si algo medianamente grave sucedía, el alcalde debía enterarse en primer lugar, y ello también incluía, naturalmente, a la mujer del alcalde.

—Tal vez nosotras seamos las primeras en saberlo, querida —respondió la señora Chancel—. Espera un par de días y verás. Algo así no puede mantenerse en secreto mucho tiempo.

—Pero… si ese… animal… existe de verdad —dijo la señora Lavoine, temblorosa—, ¿no estamos nosotras también en peligro?

—No lo creo, querida; a no ser, claro está, que creas que tienes algún parentesco con las vacas —replicó la señorita Dubois, ácidamente.

La señora Lavoine enrojeció y bajó la vista; pero

la señora Bonnard se sentía especialmente generosa aquella tarde, y acudió en su ayuda.

—¿Y por qué creer que ese… ser va a conformarse siempre con vacas?

Hubo un breve silencio. Entonces la señorita Dubois preguntó:

—¿Qué has querido decir con… «ese ser»?

—¿Y si no es un animal? ¿Y si es… un demonio, o algo parecido?

Las señoras lanzaron exclamaciones de consternación, y algunas se santiguaron.

—¡Por Dios, Régine, qué cosas dices! —protestó la señora Buquet—. ¡Si ni siquiera sabemos con seguridad que exista ese… bebedor de sangre, o lo que sea!

Algunas asintieron, aliviadas. Pero la señora Chancel movió la cabeza, pensativa.

—Esperad un par de días —pronosticó—, y entonces saldremos de dudas. Al final, todo se sabe.

El tiempo evidenció que la esposa del notario tenía razón. Tanto Max Grillet como Henri Morillon eran personas discretas, pero Fabrice, el hijo menor del granjero, no pudo resistir la tentación de describir a sus amigos la horrible muerte de su vaca con todo lujo de detalles. Además, el joven Fabrice era el menor del grupo de muchachos liderado por Jerôme Bonnard, y estaba deseando llamar su atención y dejar de ser el que menos contaba en la pandilla. Adornó su relato con elementos escabrosos y se inventó horribles aullidos en la noche y huellas monstruosas sobre el barro (en realidad, él sabía tan bien como su padre y como el gendarme que no se habían hallado huellas en los alrededores del cobertizo, pero a la tercera vez que contó la historia ya estaba convencido de que sí las había, y además no pertenecían a nada conocido por el hombre).

Jerôme Bonnard se burló del chico sin piedad, convencido de que mentía. Pero su historia fue repetida por unos y por otros, como un chiste o un chascarrillo y, por supuesto, llegó a oídos del grupo de señoras, que estaba aguardando una confirmación de lo escuchado en casa del señor notario. No les costó mucho averiguar que la fuente del rumor era el hijo menor de Henri Morillon.

Y muy pronto todo Beaufort supo, a grandes rasgos, lo sucedido en la granja del padre de Fabrice.

Max se percató de ello cuando, en una sola mañana, recibió cuatro visitas de granjeros que acudían, recelosos, a interesarse por la seguridad de los campos. Todos ellos eran hombres sensatos, que temían hacerse eco de un rumor que podía ser falso.

Sólo el cuarto habló claramente:

—Sé lo que ocurrió en la granja de Henri. Sé lo de la vaca muerta.

Lo llamaban Rouquin, y era corpulento, enérgico, impulsivo, obstinado y bravucón. Su espesa barba pelirroja destacaba en su cara, y pocos se atrevían a llevarle la contraria.

Max lo miró con cierta cautela.

—¿La vaca…?

—La vaca a la que chuparon la sangre.

—¿Cómo… cómo te has enterado?

—Todo el mundo lo sabe.

—Oh.

—¿Por qué quería mantenerlo en secreto?

—Para que no cundiese el pánico, Rouquin. Todavía no sabemos qué le pasó a esa vaca. Quiero decir, que es inusual y…

—Escuche, señor gendarme —interrumpió el granjero, apoyando sus manazas sobre la mesa—, hay que dar caza a ese animal. Organicemos una batida.

—Pero no ha habido más incidentes. Ninguna res más ha resultado herida. Podría ser un hecho aislado.

—¿Quiere decir que cree que no volverá a pasar? —Rouquin movió la cabeza y dejó escapar una carcajada despectiva—. Oiga, he hablado con Henri, ¿sabe? Ningún animal hace lo que le hizo a su vaca por casualidad. Volverá a pasar, se lo aseguro. Y lo próximo podría no ser una vaca. Podría ser un niño. Podría ser un hombre. Podría ser usted.

Rouquin abandonó la gendarmería, y Max se quedó solo de nuevo. Sabía que el granjero tenía razón, pero temía que cundiese la alarma en el pueblo. Por otro lado, si peinasen el monte en busca del bebedor de sangre, como sugería Henri, ¿cómo sabrían qué era lo que debían buscar?

Max frunció el ceño y se preguntó hasta qué punto el incidente de la granja Morillon iba a perturbar la tranquila vida de Beaufort.

No iba a tardar en averiguarlo.

Capítulo cinco

Los rumores se convirtieron en un clamor. Tarde o temprano todos los granjeros de la zona acudieron a la propiedad Morillon para hablar con Henri e interrogarle acerca de su vaca. Aunque él ya se había deshecho del cuerpo del animal, y siempre que relataba lo sucedido lo hacía de manera escueta y sin entrar en detalles, sus compañeros se alarmaron igualmente. A partir de entonces, ninguno caminaba solo por los campos al caer la tarde. Se acostumbraron a ir por parejas y bien armados; y por las noches, reforzaban todos los accesos a las granjas y dejaban los perros sueltos en el exterior.

Sus precauciones resultaron contagiosas. En Beaufort, las madres prohibieron a sus hijos salir de casa a partir de cierta hora, y ellas mismas evitaban los lugares solitarios y oscuros.

El granjero Rouquin seguía exigiendo incansablemente que se organizase una batida, y pronto contó con el apoyo de un buen número de campesinos y hombres del pueblo.

Max sabía que la batida se llevaría a cabo tarde o

temprano. Y aunque tenía sus dudas sobre su eficacia, sabía también que debía organizarla él mismo, desde la gendarmería; porque, de lo contrario, Rouquin se encargaría de ella, con o sin él. Y Max temía lo que podía hacer un grupo de campesinos armados, descontrolados y liderados por Rouquin.

—No digo que sea una mala idea —le confió a Henri Morillon una tarde que éste pasó por la gendarmería—, pero antes de salir de caza querría saber qué estamos buscando exactamente.

En realidad, él estaba aguardando noticias del primo del señor Chancel, que estudiaba en Chartres. A aquellas alturas, el notario ya había comprendido muy bien el interés del gendarme por los animales bebedores de sangre, y esperaba la respuesta de su primo con tanta impaciencia como él.

—No ha habido más reses muertas —opinó el granjero prudentemente—. Si se organiza una batida, no sabríamos por dónde empezar a buscar. Pero yo me uniría a ella de todas maneras.

Max cabeceó enérgicamente; comprendía su postura.

Hubo un breve silencio, y entonces Max dijo:

—Pero bueno, Henri, usted había venido a verme por algún motivo en concreto, ¿no es así?

El granjero asintió. Bajó la vista. Sus manos jugueteaban con su gorra con nerviosismo.

—Vamos, hable, hombre —lo animó Max—. ¿Ha habido algún problema?

Henri Morillon alzó la mirada y se sacó del bolsillo un papel cuidadosamente doblado.

—Ayer recibí esto. Jean-Michel, de la oficina de Correos, me dijo que venía de París.

Max frunció el entrecejo, desdobló la nota y estudió atentamente su contenido. Se trataba de una única frase, garrapateada con letra elegante pero apresurada. Decía solamente: «Por la res perdida», y no llevaba firma.

Max miró al granjero, interrogante.

—Sé lo que pone —dijo Morillon—, porque Jean-Michel me lo ha leído. Venía con un giro postal. Dinero, ¿sabe? No lo he entendido muy bien, pero creo que es para compensarme por la muerte de mi vaca.

Max parpadeó, perplejo.

—¿Pero... pero quién...?

—Jean-Michel no lo sabía, señor.

Max trató de poner en orden sus ideas.

—Pero eso es absurdo, Henri. ¿Quién se consideraría responsable de la muerte de una vaca atacada por un animal salvaje?

El granjero se encogió de hombros.

—Cuando un perro ataca a un animal de otra granja, su propietario debe pagar —dijo—. Pero usted sabe que ningún perro mató a mi vaca.

—Y dígame... ¿El dinero del giro cubre la pérdida de la vaca?

Henri tragó saliva.

—Ampliamente, señor. Podría comprar tres vacas como la que murió.

Max estaba cada vez más intrigado ante aquel misterio.

—Yo creo que debe de tratarse de un error, se-

58

ñor gendarme. Por eso no sabía si aceptar el dinero...

Max no contestó enseguida. Se quedó callado un momento, meditando la respuesta que debía darle.

—Mire, Henri —dijo finalmente—, el giro iba a su nombre. La persona que le ha enviado el dinero sabía lo de su vaca. Son demasiadas coincidencias como para tratarse de un error. Considérese afortunado de tener un anónimo benefactor en alguna parte, y no peque por exceso de honradez.

El rostro curtido del granjero se iluminó con una amplia sonrisa.

—Gracias, señor gendarme. Muchas gracias.

—Sólo le pido, Henri, que no comente esto con nadie. Es lo único que nos faltaba, ¿sabe?

Cuando Max se quedó solo, sus pensamientos siguieron girando en torno a los misteriosos sucesos acontecidos en la granja de Henri Morillon. Aquel anónimo benefactor parisino, que tan generosamente había recompensado a Henri..., ¿qué sabía exactamente?

Interrumpió sus pensamientos la visita de una delegación de granjeros y campesinos, liderados por Rouquin.

—Oiga, señor gendarme —dijo éste sin rodeos—. Nosotros estamos dispuestos a buscar a esa bestia, y lo haremos, con o sin usted. Esta tarde saldremos de caza. Usted decide.

Max contempló un momento los rostros serios y graves de aquellos hombres. Entonces se levantó de un salto.

—Voy con ustedes —decidió.

Al caer la tarde, un numeroso grupo de hombres se reunió en la propiedad Morillon. La mayoría era gente del campo, pero también había allí hombres del pueblo, y varios jóvenes que no querían perderse la acción. Entre ellos se hallaba Jerôme, el hijo de la señora Bonnard.

Max pasó revista al grupo con la mirada. Muy pocos llevaban armas de fuego; tan sólo los más acomodados y algunos aficionados a la caza, como Rouquin. El resto de los granjeros iban armados con rastrillos, guadañas, picas, hachas y cuchillos de toda clase.

Pero todos, sin excepción, lo miraban a él, aguardando sus instrucciones.

—Bien, iremos por parejas. Cada pareja cubrirá una sección —dijo Max.

Les mostró el plano que había traído, ya parcelado en las correspondientes áreas de exploración, y procedieron a repartírselas.

Estaban en ello cuando Max se fijó en Jerôme. El chico era el más joven del grupo.

—¿Saben tus padres que estás aquí?

Jerôme se encogió de hombros, pero no dijo nada. Max estaba convencido de que su madre no estaba enterada de la participación de su hijo en la batida. En cuanto a su padre, era constructor, y se hallaba trabajando en una ciudad cercana. Por ese motivo no se encontraba allí con Jerôme.

Max suspiró.

—Tú, Jerôme, vendrás conmigo —decidió.

Más valía tener un ojo puesto en él, por si acaso.

El grupo se dispersó, y cada pareja se dirigió a su zona mientras el sol declinaba lentamente. Habían elegido aquella hora porque la bestia había atacado por la noche, y sospechaban que se trataba de un animal de costumbres nocturnas. El mejor momento para cazarlo sería el crepúsculo. Sin embargo, aún faltaban varias horas para que la noche se cerrase sobre los campos.

Pronto, Max se arrepintió de haber elegido a Jerôme por compañero. El muchacho estaba tan nervioso y entusiasmado que no hacía otra cosa que hablar por los codos.

—¿Cómo será ese chupasangre, señor Grillet? —decía—. Seguro que debe de ser muy grande, porque para dejar seca a una vaca… Usted vio la vaca, ¿no es cierto? Y también las huellas que dejó en el barro, ¿verdad?

—No había huellas.

—¡Oh, seguro que sí las había! Fabrice Morillon nos lo ha contado todo. Dice que era un monstruo peludo de grandes colmillos.

—Pero si Fabrice no lo vio…

—¡Sí, desde la ventana de su habitación! Dijo que el monstruo tenía cuernos, y era tan grande como tres hombres, y…

—Jerôme, basta ya, ¿quieres?

Max había sospechado que el joven Morillon había sido el responsable de que lo sucedido en su granja fuese de dominio público en Beaufort. Allí tenía la confirmación.

Consiguió que Jerôme se mantuviese callado durante un rato, mientras trepaban por la falda de una colina, examinando el suelo en busca de algún tipo de rastro. No hubo suerte.

Se encontraron con una pareja de granjeros, pero ellos tampoco traían noticias.

Oscurecía ya cuando Jerôme dijo:

—Mire, señor Grillet..., ¿no es aquélla la casa de la señorita Isabelle?

Max se detuvo y se volvió para contemplar la sombra de la mansión Grisard. A la tenue luz del crepúsculo, la casa se mostraba tétrica y amenazadora. Max se dio cuenta entonces de que la morada de Isabelle estaba incluida en la zona que él había escogido para peinar. Se preguntó hasta qué punto su elección había sido casual.

—¿Vamos a ver? —preguntó Jerôme.

—No creo que quiera que la molestemos —respondió Max.

—¡Pero debemos investigar! Tal vez ella haya visto algo...

Lo cierto fue que Max no se hizo mucho de rogar. Apenas unos minutos más tarde, él y Jerôme se hallaban ante la puerta de la mansión Grisard. Isabelle se alzaba ante ellos, pálida y espectral.

—Señor gendarme, Jerôme —dijo ella suavemente—. Qué agradable sorpresa. ¿A qué debo el honor de su visita?

Jerôme la miraba con desconfianza. Había oído hablar mucho de ella, pero apenas la recordaba. Él era un niño en la época de la partida de Isabelle, y no la había visto desde entonces. Y, sin embargo, ella sí se acordaba de él.

—Venimos a cazar a un monstruo chupasangre —dijo el chico.

Isabelle palideció todavía más y pareció que le fallaban las piernas. Max se adelantó para sostenerla, pero ella logró mantenerse firme y le lanzó una mirada de advertencia. Max no se atrevió a tocarla.

Entonces, la joven se rió.

—Es una broma, ¿verdad? Se burlan ustedes de mí.

—¿No sabe usted lo de la vaca de Morillon?

—Jerôme, calla —lo atajó Max—. Le pido disculpas, señorita Isabelle. Verá, no hace mucho algún animal desconocido acabó con una res en la propiedad de Morillon. Como medida de precaución, hemos organizado una batida; estamos rastreando el suelo, registrando cada recoveco y preguntando en cada casa. Díganos, ¿usted no ha visto ni oído nada fuera de lo corriente?

Ella le dirigió una mirada inquisitiva.

—¿Pretende usted asustarme, Max? ¡Ya es la segunda vez que viene a mi casa con historias increíbles! ¿No será que ustedes son demasiado propensos a fantasear?

Jerôme estaba prestando mucha atención. Casi había olvidado la historia del aullido escalofriante que habían escuchado la señorita Dubois y la señora Lavoine (historia que, para entonces, medio Beaufort conocía, incluyendo la sencilla explicación que había dado Isabelle), y no le cupo ninguna duda de que Isabelle se refería a ella.

—Mire, yo sólo sé que la vaca está muerta, y los

granjeros están asustados —repuso Max, con calma—. Si usted los tiene por unos palurdos ignorantes y supersticiosos, adelante, dígaselo a ellos. Estarán encantados de escucharla.

Sobrevino un tenso silencio. Finalmente, Isabelle sonrió débilmente.

—Lo siento. Estoy nerviosa. No me acostumbro del todo a este lugar. Me trae demasiados recuerdos.

—Lo comprendo. No se preocupe.

—No he visto ni oído nada extraño —añadió ella, tratando de ayudar—. Pero si encuentran algo, por favor, háganmelo saber. No dormiría tranquila sabiendo que hay un animal peligroso suelto por los alrededores.

—Con Mijaíl para protegerla, no debe usted temer nada. Es un verdadero gigante.

Isabelle sonrió, y cambió el peso de una pierna a otra.

—Tiene usted razón. No tengo nada que temer —dijo.

Echó una mirada por encima de su hombro y los visitantes vieron tras ella, al fondo de la estancia, la enorme figura de Mijaíl.

—De todas formas —concluyó—, me alegrará saber que han dado caza a ese... animal salvaje.

—No dude que lo haremos, señorita Isabelle. A propósito, ¿sigue usted con aquel problema de insomnio? —preguntó Max, al darse cuenta de que el rostro de la joven aún seguía mostrando unas profundas ojeras.

Ella le dirigió una larga mirada, y Max creyó percibir en sus ojos un destello de advertencia.

64

—Lamentablemente, sí. Me temo que soy una hija de la noche, señor gendarme. Se está poniendo el sol; la jornada para mí no ha hecho más que empezar.

Los ojos de Isabelle se perdieron en la lejanía; la última uña de sol se ocultaba en el horizonte, y la joven contempló su débil resplandor con profunda melancolía. Incómodo, Max carraspeó:

—En fin, señorita Isabelle, no la molestaremos más.

Ella volvió a la realidad y les dedicó una suave sonrisa.

—Oh, no me molestan. Pero más vale que se den prisa, o se les hará noche cerrada, y hay todavía un buen trecho hasta Beaufort.

Max y Jerôme se despidieron de ella.

Isabelle cerró entonces la puerta, y Max creyó entrever fugazmente una marca roja en su muñeca, entre los encajes de la manga de su vestido. Quiso preguntarle por ella, pero la puerta de la mansión Grisard volvía a estar cerrada para él.

—Vámonos, chico —dijo a Jerôme.

Los dos se alejaron de la casa en silencio. Incluso Jerôme estaba callado.

Max añadió al cabo de un rato:

—Será mejor que nos demos prisa. Tu madre estará preocupada por ti.

El muchacho no hizo ningún comentario. Antes de doblar el recodo donde días atrás la señora Lavoine había notado la pérdida de su chal, Jerôme se giró para mirar la mansión Grisard una vez más.

Le pareció ver luz en uno de los ventanucos del sótano, la luz débil y temblorosa de una única vela.

Capítulo seis

La batida había sido un fracaso. Los hombres no habían encontrado nada más que unos cuantos zorros y un viejo lobo despistado. Ni siquiera Rouquin, que había disparado con rabia contra ellos, podía creer seriamente que alguno de aquellos animales pudiera ser el causante de la muerte de la vaca de Morillon.

Los hombres no hablaron mucho del asunto en los días siguientes, pero las comadres sí, a todas horas. La señora Bonnard seguía contando a quien quería escucharla que los granjeros nunca encontrarían a la bestia, puesto que era un demonio, y los seres de aquella calaña poseían la facultad de tomar la forma de otro animal, o incluso la de hacerse invisibles a los ojos humanos.

—¿Y sabes cuándo empezó todo? —le decía a la señora Lavoine, que la escuchaba pacientemente—. ¡Cuando esa mujer vino a instalarse entre nosotros! ¡Ella trajo consigo al diablo!

Curiosamente, su hijo pensaba de manera similar, aunque por razones bien distintas.

Por su parte, también Max se acordaba a menudo de Isabelle. Pero no se produjeron nuevos incidentes, y el pueblo pareció volver a su sopor habitual.

Sin embargo, varios días después de que los hombres volvieran de su búsqueda con las manos vacías, otra novedad vino a ser noticia.

Una mañana, un hombre se acercó a la hostería de Beaufort para pedir una habitación. Su traje elegante, sus impecables modales y su negro maletín no pasaron desapercibidos. Por otro lado, pocos forasteros visitaban la localidad. Por tal motivo, cuando alguno lo hacía, su presencia era inmediatamente conocida por todo el mundo.

—Es un médico —le confió la señora Bonnard a la señorita Dubois—. Creo que viene de París.

—¿De veras? ¿Y qué ha venido a hacer aquí?

La señora Bonnard se encogió de hombros.

—Es muy discreto —dijo, decepcionada—. Brigitte no ha podido sonsacarle nada.

Brigitte era la hostelera. Era demasiado joven como para integrarse en el grupo de la señora Bonnard y compañía, pero estaba haciendo méritos, puesto que le apasionaban los chismes tanto como a ellas, y no dudaba en hacerles partícipes de todo cuanto averiguaba.

—Tal vez el gendarme sepa algo —dijo la señorita Dubois, al ver a Max caminando calle abajo, en dirección a la gendarmería—. ¡Oye, Max! Ven a saludar a una pobre vieja.

El joven se detuvo al verla y se acercó a ella.

—Buenos días, señorita Dubois. Hermosa mañana, ¿verdad?

—Sí, sí —la señorita Dubois hizo un gesto de impaciencia y se apoyó en el brazo de Max—. Tú no sabrás nada del doctor que ha venido a Beaufort, ¿verdad?

—¿Doctor? ¿Hay un nuevo médico? Tenía entendido que el doctor Leblanc no tenía pensado retirarse hasta…

—No, no —cortó la señorita Dubois—. Parece que viene de visita. Y no es precisamente un médico de pueblo, no señor. Pregunta a Brigitte.

—¿A Brigitte?

—Y luego nos lo cuentas, ¿eh? No lo olvides. Que pases un buen día, Max.

El gendarme se quedó mirando, perplejo, cómo la señorita Dubois proseguía su camino calle arriba, acompañada de la señora Bonnard. Finalmente, se encogió de hombros y se puso en marcha de nuevo.

Se topó con el médico en la plaza mayor. Supuso que era él, no sólo por el maletín y por el traje oscuro, sino también por su porte, revestido de gravedad y dignidad.

Con todo, el hombre parecía algo perdido. Max se dirigió hacia él.

—Disculpe, ¿necesita ayuda?

No pudo evitar fijarse en sus manos, pequeñas y huidizas, que contrastaban con el resto de su aspecto general.

El médico pareció aliviado al ver su uniforme.

—¡Ah, señor gendarme! Le estaría muy agradecido.

Verá usted, acabo de llegar de París y..., pero permítame que me presente: soy el doctor Amédée Delvaux.

—Maximilien Grillet —se presentó Max, estrechando su mano—. ¿Y qué le trae por aquí, doctor Delvaux? ¿Ha venido para sustituir al doctor Leblanc?

—¡Oh, no, nada más lejos de mis intenciones! He venido para visitar a un paciente... Pero me temo que ignoraba que su propiedad estuviese tan alejada de la localidad. Ahora mismo buscaba a alguien que tuviese la amabilidad de indicarme el camino.

—Yo mismo estaré encantado de hacerlo. Y dígame, ¿adónde se dirige exactamente?

—A la casa de una joven señorita llamada Isabelle.

—¡Ah! —Max se sobresaltó.

—¿Ocurre algo, señor gendarme?

—Nada, doctor. Simplemente que la señorita Isabelle lleva una vida muy retirada. No se la ve a menudo por el pueblo.

El doctor Delvaux asintió, pero no hizo ningún comentario. Max lo miró de reojo.

—Está enferma, ¿no es cierto?

—No tengo por costumbre divulgar información sobre el estado de salud de mis pacientes sin su expreso consentimiento, caballero —replicó el médico, muy digno.

—Disculpe usted. Para serle sincero, me tranquiliza saber que la está tratando un médico competente. No tiene buen aspecto.

—Y dígame, ¿queda muy lejos la residencia de la señorita Isabelle? —preguntó el doctor Delvaux, cambiando de tema.

—Se puede ir a pie, pero es un largo trayecto. Sin embargo, en una hermosa mañana como ésta, puede resultar un agradable paseo.

El doctor no ocultó su contrariedad.

—Llevo algo de prisa, ¿sabe usted? Mi cochero no regresará hasta la noche, y no puedo esperar tanto tiempo. He llegado con dos días de retraso.

—En tal caso, veré si alguien puede acompañarlo hasta allí.

Un rato después, Max había localizado a un granjero que volvía a su propiedad en carro. No pasaría por la mansión Grisard, pero lo dejaría cerca.

—Le estoy muy agradecido —le dijo el médico a Max desde el pescante—. Encantado de haberlo conocido.

—Lo mismo digo, doctor.

Max se quedó un momento más en la plaza, observando cómo el carro se alejaba. Después dio media vuelta y regresó lentamente a la gendarmería.

Aquella mañana no tuvo mucho trabajo, de manera que se dedicó a redactar un informe sobre la batida en busca del animal que bebía sangre. Dado que no habían encontrado nada, se le antojaba un trabajo innecesario, pero quiso hacerlo de todos modos.

Por la tarde acabó el informe y atendió diversos asuntos sin importancia. Cuando terminó su jornada, se acordó del doctor Delvaux. Supuso que ya habría regresado de su visita a la mansión Grisard, y decidió pasarse por la hostería para ver si estaba de un talante más conversador que por la mañana.

—El señor doctor no ha vuelto todavía —le informó Brigitte.

Max parpadeó, algo perplejo.

—¿Todavía no?

—Si quiere, puedo dejarle una nota…

Max reflexionó sobre ello. En realidad, no tenía motivos oficiales para entrevistarse con el doctor Delvaux, y no lo conocía tanto como para tomarse la libertad de citarlo de manera informal.

—No, Brigitte, déjelo correr.

Volvió un par de horas más tarde, cuando ya casi era de noche, pero el médico seguía sin aparecer. Al ver que Brigitte lo miraba con curiosidad, decidió no volver por la pensión aquel día. Sabía que la posadera era amiga de la señora Bonnard, y no quería dar pie a nuevos rumores, ni que la gente del pueblo acabase creyendo que la policía buscaba al doctor Delvaux por un motivo criminal.

Pospuso por tanto su visita al día siguiente.

A primera hora de la mañana, antes de abrir la gendarmería, se presentó en la hostería. Antes de que pudiese pronunciar palabra, Brigitte exclamó:

—¡Llega tarde, señor gendarme! El doctor se marchó anoche, de madrugada.

—¿Qué?

—Ayer no vino a cenar, y debo decir que tampoco a dormir. Regresó muy tarde, alteradísimo, y me despertó para pagarme la habitación. Entonces recogió sus cosas y se fue.

—¿Cómo que se fue? ¿De madrugada?

—Sí; y en un coche de caballos, como un señor, e

incluso con cochero. ¿No le parece muy misterioso? —le confió la posadera en voz baja.

—Será un médico de prestigio —se le ocurrió comentar a Max.

—¿No va a arrestarlo?

—No, ¿por qué?

—¡Si hubiese visto usted qué cara traía! Como quien ha visto un fantasma. O como quien ha cometido un crimen —añadió con ojos brillantes.

«Me lo temía», pensó Max.

—El doctor Delvaux no ha cometido ningún crimen —replicó con firmeza—, o yo lo sabría, ¿no le parece?

Brigitte parecía decepcionada.

—Pero se comportaba de forma tan extraña…

—Ni una palabra más, Brigitte.

La mujer calló, contrariada. Era mayor que Max, pero el uniforme que éste lucía le confería una autoridad que nadie en Beaufort ponía en duda. Excepto, quizá, la señorita Dubois; y de alguna manera, Isabelle.

Se despidió de Brigitte y regresó a la gendarmería, pensando todavía en la precipitada partida del doctor Delvaux. La posadera desconocía un dato importante que Max se había guardado para sí: que el médico parisino había ido a Beaufort para visitar a Isabelle. Si este detalle llegaba a ser de conocimiento público, la joven volvería a ser, una vez más, el centro de todos los rumores. Por el momento, que Max supiera, sólo él y el campesino que había acercado al médico en su carro conocían que su destino era la mansión Grisard.

Pero Max debía darle la razón a Brigitte en un aspecto: el comportamiento del doctor Delvaux había sido extraño, muy extraño. Y si la misteriosa Isabelle estaba detrás de ello…, bueno, eso lo convertía en doblemente extraño.

—¿Meditando sobre las musarañas, Max? —lo sobresaltó una voz conocida desde la puerta.

Max se enderezó en su asiento.

—Buenos días, señorita Dubois. Estaba distraído.

—Sí, saltaba a la vista.

La anciana se sentó desenvueltamente frente a él:

—Bueno, iré al grano: tú ya sabes a qué he venido, ¿no?

—¿Perdón? —dijo Max, algo desorientado.

La señorita Dubois puso los ojos en blanco.

—¡El médico, Max, el médico! Te dije que quería enterarme de todo lo que averiguases. Aunque Brigitte ya me ha contado muchas cosas.

Max logró por fin ponerse en situación. Carraspeó y dijo, intentando recuperar parte de la dignidad que la señorita Dubois había arrastrado por los suelos:

—Entonces ya sabe todo lo que ha de saber, señorita Dubois.

—Venga, Max, no seas así. Ya sé que ese médico venía a ver a Isabelle.

La anciana logró sobresaltar al gendarme por segunda vez en cinco minutos.

—¿Cómo… cómo se ha enterado usted de eso?

—Bueno; no lo sabía, sólo lo sospechaba. Pero ahora ya lo sé.

Max enterró el rostro entre las manos con un suspiro de cansancio.

74

—No puedo con usted, señorita Dubois. ¿Por qué no me releva al cargo de la gendarmería?

—Porque no me atrae lo más mínimo, créeme. Pero no te desvíes del tema. Sé que intentas proteger a Isabelle…

—¿Proteger a…?

—…Y me parece muy bien. Hay algo extraño en esa casa…, y te digo esto a ti porque sé que no lo vas a tomar por un desvarío de vieja loca: puede que Isabelle esté en peligro.

—¿En peligro?

—Deja de repetir todo lo que digo, Max, y piensa un poco. Están sucediendo cosas muy extrañas desde que Isabelle volvió a Beaufort. Ella no se da cuenta, pero hay algo en esa casa que la está matando lentamente.

Max aprovechó la pausa para poner en orden sus ideas. Era un hombre sensato y racional, pero respetaba mucho a la señorita Dubois, que siempre sabía ver más allá de lo evidente.

—¿Usted cree? —murmuró reflexivamente—. Pero ya tenía ese aspecto enfermo cuando vino aquí.

—Yo no digo que ese «algo» estuviese en la casa antes de que ella llegara, Max. Pero alguna cosa ha asustado a ese médico hasta el punto de hacerlo salir huyendo en plena noche.

—Puede que Isabelle lo echara con cajas destempladas —bromeó Max—. Esa joven debe de ser terrible cuando se enfada.

—Sí, tiene carácter —asintió la señorita Dubois.

Max se percató de que no era una crítica. Le sorprendió darse cuenta de que la anciana hablaba de Isabelle con cierta admiración, y se preguntó si no habría sido parecida a ella cuando era joven.

—Me sorprende gratamente comprobar que hay alguien en Beaufort que no detesta a Isabelle.

—¿Detestarla, yo? No tengo motivos, ya ves. Además, ¿qué ha hecho de malo esa chiquilla? Tener la lengua muy larga y enamorarse de la persona equivocada, eso es todo. En mi religión, eso no es pecado.

Una vez más, a Max le extrañó que una mujer como la señorita Dubois frecuentara a personas como la señora Bonnard y compañía.

—Mira, Max, estoy preocupada por Isabelle, y después de la estampida de ese médico, con mayor motivo aún. Como ciudadana de Beaufort y como amiga te pido que averigües qué le está pasando a esa muchacha.

—Ya he tratado de preguntarle y…

La señorita Dubois no lo dejó acabar. Chasqueó la lengua con disgusto y exclamó:

—¡Oh, los hombres, qué poco sutiles! ¡Siempre estampándose contra el muro en lugar de rodearlo! ¡Sé un poco más ingenioso, por el amor de Dios!

Con estas palabras, la señorita Dubois se levantó y se volvió a calar el sombrero.

—Hasta mañana, Max. Que pases un buen día. Y recuerda: ¡sutileza!

La anciana salió del despacho de Max, y éste se quedó solo de nuevo, meditando sus palabras.

Aquella noche no pegó ojo. No compartía la opinión de la señorita Dubois de que «algo» estaba matando a Isabelle, pero sí le preocupaba el estado de salud de la joven y el hecho de que el médico que la trataba hubiese partido tan precipitadamente. Sin embargo, allí no había habido crimen alguno, y él no tenía por qué intervenir. Meterse en asuntos ajenos era la especialidad de la señorita Dubois, no la suya.

Pero quería saber más. Quería saber si Isabelle se encontraba bien.

Con las luces del alba tomó por fin su decisión.

Iría a París y buscaría a Delvaux.

Capítulo siete

El despacho de Jules Bronac era viejo, pequeño y oscuro. Los libros y los papeles se amontonaban en las estanterías, la mesa y los rincones, sin ningún tipo de orden. La humedad había comenzado a invadir las paredes, la ventana no cerraba bien y las sillas estaban cojas.

A decir verdad, Max había esperado algo diferente. Por ese motivo seguía perplejo, mirando a su alrededor, sin estar muy seguro de hallarse en el lugar correcto. Y, sin embargo, el hombre que se sentaba frente a él, tras el escritorio, era exactamente la persona a la que había venido a buscar.

Jules Bronac era pequeño y rechoncho, pero de manos sorprendentemente rápidas, lo que sugería una gran agilidad mental. Observaba a Max con cautela, como evaluándolo. Finalmente, pareció estar de acuerdo, porque asintió y se recostó contra su silla.

—Amigo Grillet —dijo—. Hacía tiempo que no sabía de usted. ¿Cómo le va por…?

—Beaufort —lo ayudó Max—. Bien, gracias.

Bronac asintió de nuevo, con un gruñido, y echó un vistazo por la ventana. Un bosque de tejados y calles estrechas y laberínticas era todo cuanto se divisaba desde allí.

—Con franqueza, creo que yo me moriría de aburrimiento si viviese en un lugar así.

—En cambio, a mí la ciudad me abruma —replicó Max—. Soy un hombre tranquilo, ¿sabe usted?

—Y eso me lleva de nuevo a preguntarme qué ha venido usted a hacer en la capital, y concretamente, qué le ha traído hasta mi despacho. Oí decir que su jefe, el señor Gallois, se había retirado, dejándole a usted encargado de la gendarmería.

—Oyó usted bien. El señor Gallois vive ahora en un apacible pueblecito de la Costa Azul.

—Ajá. No he vuelto a verlo desde aquel cursillo en el que nos conocimos usted y yo.

Max sonrió levemente. Lo recordaba. Cuatro años atrás, el señor Gallois había asistido en París a un seminario sobre conducta criminal, impartido por un prestigioso inspector inglés, y se había llevado a su ayudante consigo. Entre los participantes se hallaba Jules Bronac. Ambos habían colaborado conjuntamente en un caso, cuando Gallois trabajaba en París.

A Max no le gustaba el aire prepotente de Bronac, pero había acudido a él por dos motivos. En primer lugar, porque el señor Gallois lo consideraba un buen profesional. Y en segundo lugar, porque era el único detective que Max conocía.

Había pasado dos días en París, buscando al doctor Amédée Delvaux, pero no había logrado localizarlo. Había preguntado a cuatro médicos diferentes, y ninguno había oído hablar de él. Max no podía permitirse el lujo de dejar tanto tiempo desatendida la gendarmería de Beaufort, y menos con los extraños acontecimientos que habían sucedido en las últimas semanas.

—¿Y quiere usted tratar asuntos oficiales o personales? —tanteó Bronac.

Max lo pensó. La señorita Dubois le había pedido que investigara al doctor Delvaux y su relación con Isabelle, pero no había nada, a nivel oficial, que justificara tal petición, puesto que ninguno de los dos, que se supiera, había cometido delito alguno.

—Debo confesar que se trata más bien de un asunto personal. Hay una persona en el pueblo que se comporta de manera ciertamente extraña, y aunque no hay motivos oficiales para investigarla, debo decir que me intriga sobremanera.

—Hum. Ya veo. Y dígame, ¿es bella la joven?

A su pesar, Max sintió que enrojecía.

—Yo no he dicho que se tratara de una joven.

—Pero, evidentemente, así es, amigo mío. ¿Me equivoco?

—No.

Max se sentía algo estúpido. El detective averiguaba datos de la misma manera que la señorita Dubois. «Eso debería tranquilizarme», se dijo. «Si utiliza los mismos métodos que esa anciana chismosa, seguro que descubre mucho más que yo.»

—¿Quiere que la investigue? ¿Se trata de eso?

—En cierto sentido, sí.

Max procedió a contarle lo que él sabía de la historia de Isabelle: su origen humilde, su infancia y adolescencia en Beaufort, su relación con el joven hijo del marqués de Latour (Bronac silbó por lo bajo) y su marcha del pueblo, envuelta en el escándalo. Pasó después a relatarle su retorno, semanas antes, su misteriosa nueva fortuna, su enfermizo aspecto y su extraño modo de comportarse.

Concluyó con la visita del doctor Delvaux, tan bruscamente finalizada.

—Interesante —comentó el detective.

Max advirtió que ni siquiera había tomado notas, pero sospechaba que no le hacía falta, y que no olvidaría nada de cuanto le había contado.

—¿Cree usted que extorsiona al marqués de Latour?

—Lo ignoro, señor Bronac. Sólo sé que esa joven no está bien de salud, y sospecho que algo terrible le sucede. Y sé que ella no me lo va a contar.

—A usted no, pero puede que a mí sí.

—De eso quería hablarle: Beaufort es un pueblo pequeño donde todo se sabe. Si usted apareciese por allí, daría mucho de qué hablar, y ello no beneficiaría en absoluto a Isabelle, ni tampoco a la investigación.

—¿Pretende usted decirme que debo investigar a esa joven sin haberla visto siquiera?

—Si hay algo que investigar en Beaufort, yo me encargaré de ello —«y también la señorita Dubois», añadió para sí mismo—. Pero necesito a alguien en París que busque a ese tal doctor Delvaux y le sonsaque acerca del estado de salud de Isabelle. Y si eso no es bastante para usted, podría tratar de averiguar qué hizo ella los años que estuvo en París, y si llegó a reencontrarse con Philippe de Latour. Si le sigue usted la pista, tal vez se entere de dónde procede su nueva fortuna...

El detective se echó hacia atrás y se acarició el bigote, pensativo.

—Hum —dijo—. Bien. Sí, no está mal para empezar.

—Entonces, ¿acepta usted el caso?

—Ciertamente, señor Grillet. Me pondré a trabajar en ello. Espero poder enviarle noticias la semana próxima. En mi carta le adjuntaré también un cálculo aproximado de mis honorarios.

Bronac se levantó ágilmente, cogiendo a Max por sorpresa. Éste se puso también en pie, pero tardó unos segundos en darse cuenta de que ello significaba que el detective había decidido dar por concluida la entrevista. Se dejó conducir hasta la puerta sin un solo comentario. Cuando ya bajaba por las escaleras, Bronac llamó su atención.

—Una última observación, señor Grillet. He advertido que se ha fijado usted en mi despacho —sonrió con cierta indulgencia—. No se deje engañar por las apariencias. Lo cierto es que son malos tiempos para los detectives privados.

—¿En serio? Tenía entendido que estaban de moda.

—Por eso precisamente —suspiró Bronac—. Somos demasiados en el oficio.

Max no supo qué decir. El detective sonrió de nuevo.

—Pero da la casualidad de que ha ido usted a topar con uno de los buenos —le aseguró—. Si esa jovencita oculta algo, no dude que yo lo sacaré a la luz.

Max dejó el edificio, todavía confuso. No estaba seguro de haber obrado bien, ya que no le parecía ético rebuscar en el pasado de una persona sin su consentimiento, y sin ninguna razón aparente. Pero, por otro lado, estaba sinceramente preocupado por Isabelle. Sospechaba que la señorita Dubois tenía razón con respecto a ella.

Finalmente, Max montó en la diligencia que pasaba por Beaufort, resignándose a la idea de que tendría que permanecer inactivo, aguardando noticias de Jules Bronac.

La diligencia llegó a Beaufort al anochecer. A la entrada del pueblo se cruzó con un muchacho que caminaba en dirección contraria. El chico se detuvo para mirar el carruaje que pasó a su lado, pero en aquel momento Max estaba medio dormido y no lo vio. Si hubiese echado un vistazo por la ventanilla, habría reconocido a Jerôme Bonnard, que se dirigía a la mansión Grisard con las últimas luces del día.

No habían sido los comentarios de su madre, sino su visita con Max durante la batida, lo que había llamado la atención del muchacho sobre la mansión y su misteriosa dueña. No había contado a nadie que pensaba acercarse a la casa. Sospechaba que había algo extraño en ella, pero quería estar seguro antes de hablar sobre el tema con sus amigos. No temía acercarse solo. Jerôme Bonnard estaba acostumbrado a hacer lo que le viniera en gana en Beaufort y sus alrededores, y no le entraba en la cabeza que pudiera ocultarse en sus dominios algo que pudiese amenazarle.

Ya casi era noche cerrada cuando llegó a las proximidades de la mansión Grisard. Se quedó oculto tras el tronco de un árbol solitario, lo bastante grueso como para esconder su cuerpo por completo, y se asomó con precaución.

La mansión se mostró ante él, silenciosa y sombría, adormecida sobre su lecho entre colinas. No se escuchaba un solo ruido, y estaba todo a oscuras, a excepción de un leve resplandor que surgía del ventanuco a ras de suelo que Jerôme ya había visto la vez anterior. Inspiró hondo y se arriesgó a salir de su escondite, protegido por la oscuridad. Deslizándose de sombra en sombra, llegó hasta los pies de la mansión Grisard y se pegó a la pared.

No se atrevió a asomarse a la ventana, de momento, pero aguzó el oído.

Escuchó una voz apagada que hablaba en susurros, y reconoció a Isabelle. Pero no logró entender una palabra de lo que decía, porque hablaba en voz muy baja. Oyó después una especie de gruñido de asentimiento, y supo que era Mijaíl.

Se arriesgó a asomarse un poco.

El ventanuco daba, como había imaginado, al sótano. Era un sótano pequeño, y estaba prácticamente vacío de muebles. Tan sólo había una mesa, una silla y un banco junto a la pared, y un candil que alumbraba los rostros de Isabelle y Mijaíl, sentados el uno frente al otro. Isabelle parecía estar más pálida que de costumbre. Se había hecho un ovillo, sentada en el banco, con la espalda apoyada en la pared y la cabeza gacha, temblaba como una hoja y parecía que respiraba con dificultad. Jerôme vio cómo Mijaíl le echaba una manta sobre los hombros, y cómo la joven envolvía en ella todo su cuerpo, dejando ver sólo su rostro marfileño.

Ninguno de los dos dijo nada durante un buen rato.

Jerôme se sentía cada vez más intrigado. Se preguntaba qué harían aquellos dos en el sótano. Forzó la vista para ver si distinguía algo más, en busca de alguna pista. Apreció sobre la mesa un cuenco vacío y otro objeto que brillaba. Estiró un poco el cuello para ver mejor, pero el enorme corpachón de Mijaíl se interponía en su campo de visión.

Jerôme se movió con prudencia. Sus pies avanzaron a tientas en la semioscuridad. El muchacho se agachó levemente para volver a mirar por la ventanilla, pero tropezó con algo y el pequeño sonido que produjo se oyó como un trueno en medio del silencio.

Isabelle no reaccionó, pero Mijaíl se volvió hacia él, como movido por un resorte. Jerôme retrocedió un paso; justo entonces vio con claridad el objeto que había sobre la mesa, y lanzó una exclamación. Mijaíl se levantó de su asiento, presumiblemente para salir a perseguirlo, y Jerôme dio media vuelta y echó a correr en la oscuridad.

Corrió y corrió sin detenerse, hasta que no pudo más. Se detuvo entonces, jadeante, y se dio la vuelta. La mansión Grisard parecía muy lejana, pero su sombra amenazadora todavía se veía con claridad, recortada contra el cielo nocturno.

Jerôme trató de recuperar el aliento.

Nadie lo perseguía.

Dejó que los latidos de su corazón volvieran a su ritmo normal, y reflexionó sobre lo que había visto, preguntándose sobre su significado. Cerró los ojos y volvió a visualizar la escena del sótano. Que Isabelle estaba enferma era evidente. Y parecía que, de alguna manera, Mijaíl la cuidaba. Pero, ¿qué estaban haciendo en aquel sótano?

Evocó de nuevo el momento en que Mijaíl lo había mirado. No había odio ni ira en sus ojos, sino… miedo.

Jerôme lo había captado inmediatamente, y por ello, lo que le había hecho salir corriendo no había sido la mirada de Mijaíl, sino la impresión de haber visto sobre la mesa un puñal ensangrentado.

El corazón se le aceleró. ¿Habrían matado a alguien aquellos dos? ¿Mantendrían su cadáver oculto en el sótano?

Jerôme contempló de nuevo la mansión Grisard y sintió que, de alguna manera, ella le devolvía la mirada, desafiándolo a descifrar sus más recónditos secretos.

Jerôme aceptó el reto.

—Lo averiguaré todo sobre ti —juró, y ni él mismo habría podido decir si se refería a la casa, a Isabelle o al ser que los hombres de Beaufort habían salido a cazar días atrás, si es que tenía relación con la misteriosa joven y su inhóspita casa—. Me contarás todos y cada uno de tus secretos.

La mansión entera pareció sonreír.

Capítulo ocho

En los días siguientes, Jerôme anduvo silencioso y pensativo. Los que lo conocían bien sospechaban que tramaba alguna de las suyas y, en cierto sentido, así era. Reflexionó mucho sobre lo que había visto en el sótano de la mansión Grisard, intentando encontrarle un sentido y tratando de decidir cuál sería su próximo movimiento. Todavía no había contado su aventura a sus amigos, tal vez porque le gustaba sentirse por encima de ellos, teniendo información que nadie más sabía acerca de Isabelle y la mansión Grisard. Pero no pasó mucho tiempo antes de que todo aquello le resultase insuficiente. Mientras planeaba su próxima expedición a la casa de Isabelle, empezó a pensar que necesitaba testigos de su hazaña, uno o dos, que pudiesen dar fe de lo que sucedía en aquel lugar. De lo contrario, cuando quisiese revelar lo que sabía, nadie iba a creerlo.

Mientras Jerôme se planteaba qué iba a hacer a continuación, la vida de Max había caído de nuevo en la rutina de siempre. La única novedad había sido la visita del notario que una mañana, cinco días después del regreso de Max de París, pasó por la gendarmería.

—Señor Chancel, qué agradable sorpresa. ¿Qué le trae por aquí? —saludó Max.

—Usted me trae por aquí, señor Grillet. Usted y sus… curiosidades científicas —no ocultó una sonrisa—. Hoy he recibido noticias de Chartres.

—¡Ah! —Max casi se había olvidado del tema—. Pase y tome asiento, por favor. Soy todo oídos.

El señor Chancel se sentó frente a él.

—Como le decía, hoy ha llegado una carta de mi primo, en la que responde a mis preguntas sobre animales hematófagos, es decir, que se alimentan de sangre. En dicha carta me comunica que existen muy pocos especímenes de animales que tengan tales hábitos alimentarios. Todos conocemos a esos desagradables insectos que son los mosquitos, a las sanguijuelas de los pantanos…

—Ciertamente. Prosiga usted, por favor.

—Pues bien, por lo que parece, algunas especies de murciélagos son también hematófagas.

Max se inclinó hacia adelante, interesado.

—¿Ha dicho usted «murciélagos»?

—Sí, murciélagos. Esos roedores con alas que comen insectos. Pero por lo visto, un tipo de murciélago tropical de gran tamaño, el *Desmodus Rotundus*, necesita algo más para su sustento. Estos animales están provistos de unos afilados colmillos que clavan a sus presas, como las serpientes. Pero, en lugar de inocular veneno, chupan la sangre de sus víctimas. Parece ser que tampoco es extraño que ataquen al ganado.

—Interesante —murmuró Max, pensativo—. ¿Y esos… murciélagos atacan a los seres humanos?

—Podrían llegar a hacerlo. No estamos hablando de murciélagos corrientes. Estos bebedores de sangre son de gran envergadura comparados con las otras especies conocidas. Incluso hay rumores de la existencia de otra especie de murciélago, mucho más grande que el *Rotundus*, que puede producir estragos aún mayores. Pero sólo tenemos conocimiento de él a través de leyendas y relatos de campesinos y, aunque se han recogido diversos testimonios al respecto, no se ha demostrado que exista en realidad.

Hubo un breve silencio, mientras Max reflexionaba sobre la nueva información.

—Los datos parecen coincidir —dijo el gendarme finalmente, pensativo—. La vaca de Morillon presentaba marcas de colmillos en el cuello. ¿Se da usted cuenta de lo que ello significa?

—Me doy cuenta, señor Grillet. ¿Pero de qué manera puede haber llegado hasta aquí un murciélago de tales características?

—Lo ignoro, señor Chancel. ¿Dice usted que se trata de una especie tropical?

—Oriunda de América del Sur, concretamente.

—Mmmm… Bien, ya tenemos un nuevo interrogante que resolver. Pero estos nuevos datos aclaran otras cuestiones. Por ejemplo: si la criatura que atacó a esa pobre vaca estaba provista de alas, no es de extrañar que no encontráramos sus huellas en parte alguna. Por otro lado, ¿dónde podría ocultarse?

—Nuestro paisaje carece de montañas que puedan

presentar cuevas o grutas oscuras. Pero podría haber alguna grieta en las colinas. O, en su defecto, tal vez nuestro alado amigo haya hallado refugio en algún sótano oscuro, en el interior de alguna casa abandonada...

Max no contestó. Su mente estaba concentrada en aquellas nuevas piezas del rompecabezas. Finalmente se volvió hacia el notario y le dijo:

—Bien; entonces, ahora que sabemos lo que andamos buscando, tal vez debería alertar a los vecinos. Hablaré con el señor alcalde para convocar una reunión.

El señor Chancel se mostró de acuerdo.

Momentos después, Max se encaminó a la alcaldía.

—¿Murciélagos? —repitió el señor Buquet alzando una ceja.

—Es una posibilidad, señor alcalde. Es importante que todos los vecinos sepan qué aspecto puede tener ese monstruo chupasangre —Max empleó inconscientemente la expresión que había utilizado Jerôme el día de la batida—. Creo que un murciélago no se corresponde exactamente con la imagen que teníamos de él.

—Hum —el alcalde se acarició la barbilla, pensativo—. ¿Y no cree que estamos sacando las cosas de quicio? Entiéndame, una vaca es sólo una vaca.

—¿Qué quiere usted decir?

—Verá usted, ahora que las cosas se están calmando un poco, encuentro innecesario volver a alarmar a la población. Ese monstruo, murciélago o lo que sea, no ha vuelto a atacar. Se le ha buscado por los alrededores, sin resultado. Nada indica que siga por aquí, ¿me entiende? Si cayese otra res, bueno, eso sería ya otro cantar…

—Comprendo.

Max no añadió mucho más. Se despidió del alcalde y salió de la estancia donde éste lo había recibido. Al hacerlo, tropezó con la señora Buquet, que lo miró con curiosidad. Max tuvo la sospecha de que la mujer había escuchado furtivamente gran parte de la conversación.

Aquella tarde, después de comer, Max volvió a sacar del archivo el informe sobre la batida y añadió al final las observaciones del notario. Dejó el trabajo precipitadamente porque tuvo que acudir a toda prisa a casa de la señora Lavoine, que estaba segura de haber oído ruidos sospechosos en su sótano, y no se atrevía a bajar.

—¿Usted cree que será un murciélago gigante, señor gendarme? —le preguntó, con los ojos muy abiertos.

Max se admiró, una vez más, de lo deprisa que corrían las noticias en Beaufort, especialmente si el grupo de la señora Bonnard estaba de por medio.

—Sinceramente, señora Lavoine, lo dudo mucho.

Pero ella seguía aterrorizada, y Max no tuvo más remedio que inspeccionar el sótano, palmo a palmo, y desalojar a una gata preñada que andaba buscando un lugar tranquilo para parir. Cuando hubo comprobado que no había murciélagos bebedores de sangre en su sótano, la señora Lavoine se sintió tan aliviada y agradecida que invitó a Max a tomar el té.

En contra de lo que él temía, en los días siguientes no se desató el pánico, y nadie sugirió que volviesen a salir al campo a la caza del bebedor de sangre. Max concluyó su informe con las opiniones del alcalde acerca de la inconveniencia de convocar una reunión para tratar el tema, y después volvió a sepultarlo en el archivo, convencido de que se trataba de un caso cerrado.

Una tarde se topó por la calle con una figura familiar. Se trataba de una silueta femenina, frágil y delgada, y vestida de negro. Estaba de espaldas a Max, intentando ponerse los guantes a la vez que sujetaba varios paquetes.

—¡Señorita Isabelle! —saludó Max, sorprendido de verla allí.

La aparición se sobresaltó y dejó caer un guante.

—Ah…, es usted —dijo suavemente.

Se agachó con presteza para recoger el guante, antes de que Max tuviese ocasión de hacerlo por ella. El joven lo consideró una mala señal: era una manera sutil de decirle que no lo necesitaba.

Probablemente, que no necesitaba a ningún hombre en su vida.

«¿Qué fue del joven Latour?», quiso preguntarle. Pero en lugar de ello dijo:

—Qué agradable sorpresa, Isabelle. Es extraño verla... a la luz del día, precisamente a usted, que se define como una... hija de la noche, ¿era así? —Isabelle asintió con una sonrisa—. ¿Qué la trae por aquí? Si no recuerdo mal, sólo se la ha visto en otra ocasión por el pueblo, y fue el día de su llegada.

—Recuerda usted muy bien —replicó ella, mordaz, y añadió, con mayor suavidad—. En fin, a usted puedo contárselo, supongo. He enviado a Mijaíl a la ciudad a hacer unas gestiones en mi nombre. No quería que nadie supiera que estoy sola en la mansión, ¿comprende usted? Pero me temo que se ha retrasado un par de días, y yo ya no podía pasar sin una serie de alimentos. Por supuesto, mi presencia aquí ha suscitado comentarios, pero he dicho a todos que Mijaíl está enfermo, con gripe —sonrió.

Max le devolvió la sonrisa. Su mirada se detuvo por casualidad en los abultados paquetes que llevaba. Rebosaban comida.

—Tiene usted buen apetito —comentó—. Es raro que siga estando tan delgada y pálida.

La mirada de ella volvía a ser cauta.

—¿Qué insinúa?

—Lo siento, no pretendía ser indiscreto, es sólo que me ha llamado la atención. ¿Me permite que la ayude?

Isabelle lo miró detenidamente, como evaluándolo. Al final, se encogió de hombros.

—Si así lo desea...

Le pasó varios de sus paquetes, y Max comprobó que pesaban más de lo que había imaginado. De nuevo se preguntó cómo podía contener tanta energía un cuerpo tan menudo y frágil.

—Y dígame, ¿encontraron al animal salvaje?

—No, señorita. La muerte de aquella vaca sigue siendo un gran misterio.

Esperaba que ella le preguntase por qué, pero Isabelle permaneció callada.

—¿Ha venido usted a pie? —preguntó entonces Max, cambiando de tema.

—Sí, pero a la vuelta regresaré en el carro del granjero Boutel. Ya he hablado con él.

Max disimuló su decepción. Durante el largo camino a la mansión Grisard podrían haber hablado de muchas cosas...

—Ah, allí está Boutel —dijo Isabelle, señalando el carro que ya la esperaba en la plaza—. Ha sido usted muy amable, Max. Permítame...

Alargó las manos para cogerle los paquetes, y Max observó que no había llegado a ponerse los guantes. Y vio que Isabelle tenía ambas muñecas vendadas.

—¿Qué le ha pasado? —preguntó—. ¿Se ha hecho daño?

Isabelle retiró las manos rápidamente y le disparó una mirada furiosa y amenazadora.

—Lo siento —replicó con voz gélida—, pero me temo que no es asunto suyo.

Max abrió la boca para responder, pero no dijo nada. Miró cómo se enfundaba los guantes enérgicamente, en actitud molesta, y pensó que no podía dejarla marchar así. Pero tampoco podía obligarla a contarle nada que ella no quisiera contar.

Isabelle cogió los paquetes, con gesto adusto.

—Se lo agradezco —dijo, cortante.

—No quería molestarla —respondió Max.

Los ojos de ambos se encontraron, y la mirada de Isabelle pareció suavizarse un tanto.

—No es culpa suya —dijo.

Y, tras estas palabras, Isabelle dio media vuelta y

echó a correr hacia el carro del granjero Boutel. Cargada como iba, avanzaba con gran ligereza.

Max se quedó plantado en la plaza un buen rato, hasta mucho después de que el carro y sus ocupantes hubiesen desaparecido calle abajo.

No se dio cuenta de que alguien los estaba observando desde lejos.

Sentado con sus amigos al otro extremo de la plaza, Jerôme Bonnard también contemplaba, pensativo, la negra figura de Isabelle en el pescante del carro de Boutel, y había sacado sus propias conclusiones al respecto. Los otros chicos conversaban entre ellos, riendo estrepitosamente cuando alguno decía algo especialmente ocurrente. Sólo Jerôme parecía ajeno a todo.

—Eh, Jerôme, ¿qué te pasa?

—Seguro que está pensando en alguien…

—¿Ah, sí? ¡Vaya, vaya!

—Cuéntanoslo, hombre…

—¿Quién es ella?

—Venga, di, ¿quién es?

Jerôme volvió a la realidad y vio los ojos de sus amigos clavados en él, expectantes.

—Estaba pensando en la batida del otro día.

En los rostros de todos se pintó una mueca de decepción.

—¿Otra vez con eso? ¡Pero si no había ningún monstruo en el campo!

—En el campo, no. Pero yo sé dónde está.

Se oyeron algunas carcajadas y bufidos de escepticismo. Jerôme se encaró con ellos.

—¡A ver! ¿El monstruo existe o no?

—¡Claro que sí! —respondió inmediatamente Fabrice Morillon—. Nuestra vaca…

—Nosotros —lo interrumpió Jerôme— registramos la zona palmo a palmo y no vimos nada. Pero hubo un sitio donde no buscamos.

Calló. Los otros lo miraban. Ahora sí había captado toda su atención.

—¿Dónde, dónde?

—En la casa de la señorita Isabelle.

Nuevas carcajadas. Jerôme aguardó pacientemente hasta que sus amigos estuvieron en disposición de seguir escuchándolo.

—Esa mujer es muy rara —insistió—. Nunca viene por el pueblo. Tampoco va a la iglesia. Mi madre dice que es una bruja, y yo creo que tiene razón.

—¡Venga ya, Jerôme! ¡Que no hemos nacido ayer!

—Pues yo he visto cosas muy extrañas en esa casa, os lo aseguro.

Pasó a contarles entonces, por fin, la extraña reacción de Isabelle cuando Max y él le hablaron del monstruo chupasangre; su expedición en solitario a la mansión Grisard y todo lo que había visto a través del ventanuco del sótano; y por si acaso alguien no conociese la historia todavía, les habló también del aullido que la señorita Dubois y la señora Lavoine habían escuchado en la casa, tiempo atrás.

—¿No pensáis que todo eso es muy raro? —concluyó Jerôme—. Además, vosotros no la habéis visto de cerca… Parece un fantasma y siempre viste de negro, igual que un cuervo.

—Estará de luto...

—¿Y cómo explicas el cuchillo ensangrentado que vi, eh?

Hubo un breve silencio. Entonces uno de los chicos añadió:

—Pero si fuese tan sospechosa, el señor Grillet la habría detenido ya.

—¿Ése? —Jerôme bufó con desprecio—. ¡Si bebe los vientos por ella! O es muy tonto, o es que Isabelle lo tiene embrujado...

Nadie dijo nada. Todos apreciaban a Max, pero ninguno de ellos se atrevía a contradecir en serio a Jerôme.

—Voy a demostraros que es verdad lo que digo, como me llamo Jerôme Bonnard.

Los chicos se miraron unos a otros.

—¿Y qué vas a hacer?

—Voy a volver a la casa y voy a entrar en ese sótano, a ver si encuentro más pistas interesantes. Si vuelvo con pruebas, el señor Grillet me escuchará.

—Como te pille Mijaíl...

—Mijaíl se ha ido, ¿es que no tenéis ojos en la cara? ¡Acaba de pasar por aquí Isabelle cargada de paquetes! ¿Cuándo la habéis visto vosotros haciendo la compra, eh?

—Bueno, pero no puedes estar seguro.

Chasqueando la lengua con impaciencia, Jerôme se puso en pie de un salto.

—Yo sé que Mijaíl no está. Ahora o nunca. Pienso ir esta noche a la mansión Grisard. ¿Quién me acompaña?

Sólo cosechó dos voluntarios, y uno de ellos era el

pequeño Fabrice Morillon, pero Jerôme no necesitaba más.

—Está bien —dijo a sus dos compañeros—. Esta noche nos acercaremos a la mansión Grisard. Estad preparados.

Capítulo nueve

A su regreso a la gendarmería, Max se encontró con la señorita Dubois.

—¿La has visto, Max? —preguntó ella con ojos brillantes.

—Si se refiere a Isabelle, sí, la he visto, y he hablado con ella.

Procedió a contarle su breve conversación con la desconcertante joven. La señorita Dubois movió la cabeza con preocupación.

—Esa chiquilla… No sé qué será de ella si no permite que nadie la ayude. Hoy le he dicho que debería vestir ropa más alegre, más acorde con su edad. «Pareces una viuda, Isabelle», le he dicho. ¿Y sabes lo que me ha contestado? «Tal vez guarde luto por mí misma, señorita Dubois.» «¡Tal vez guarde luto por mí misma!» ¿Pero qué clase de respuesta es ésa?

—Me ha parecido ver que está herida —añadió Max.

—¿En serio?

—Sí, llevaba las muñecas vendadas.

El dato pareció impresionar mucho a la señorita Dubois, que dio un paso atrás y miró fijamente a Max con los ojos muy abiertos.

—¿Ocurre algo?

La anciana no respondió. Se santiguó un par de veces y murmuró:

—¡Que el cielo se apiade de ella!

Y, sin una palabra más, dio media vuelta y echó a andar a paso ligero calle abajo.

Max decidió que al día siguiente, cuando estuviese más calmada, le preguntaría qué había querido decir. Entró en la gendarmería, todavía cavilando sobre el misterio de Isabelle, y abrió distraídamente el buzón, en un gesto automático. Casi nadie le escribía nunca, y por ello le sorprendió hallar una carta. La abrió, intrigado, y le extrañó ver que había sido escrita desde Frankfurt.

Y estaba firmada por Jules Bronac.

Max no había olvidado al detective, pero no esperaba recibir noticias suyas tan pronto, y mucho menos desde tan lejos.

La carta decía así:

Apreciado señor Grillet:
Le escribo para comunicarle que me encuentro en Frankfurt, cumpliendo con lo que usted me encargó. Mis investigaciones comenzaron en París: busqué primero al doctor Delvaux, pero me encontré con que no existe en la ciudad ningún médico con ese nombre. Aun así, me las arreglé para encontrar al cochero que lo llevó hasta Beaufort y lo trajo de vuelta, y cuál no

sería mi sorpresa al descubrir que trabajaba nada menos que para el marqués de Latour. Pese a ello, no logré sacar mucho en claro. El cochero sólo cumplía órdenes, y su misión consistía en conducir al doctor Delvaux hasta su población y traerlo de nuevo a París, cuando él así lo decidiera.

Siguiendo esta pista, traté de entrevistarme con el marqués de Latour, pero no logré que aceptara recibirme. Parece ser que se trata de un hombre anciano y enfermo, que todavía no ha superado la muerte de su único hijo, el joven Philippe.

Sí, amigo mío. Por lo visto, el enamorado de su Isabelle falleció hará cosa de tres años, lejos de París. Yo mismo he visitado su tumba en el panteón familiar de los Latour, aunque nadie ha sabido decirme todavía cómo sucedió, dónde, ni en qué circunstancias.

Como me intrigaban los motivos que pudiese tener el marqués para enviar un médico a la mujer que sedujo a su hijo, decidí tratar de averiguar cómo fue su relación después de que Isabelle abandonase Beaufort. Por lo que sé, Philippe no sabía que ella lo seguiría hasta París. Su padre lo envió a Frankfurt para continuar con sus estudios, de modo que, cuando Isabelle llegó a la ciudad, se encontró con que él ya se había marchado. Ella tardó varios meses en reunir el dinero necesario para emprender el viaje. Trabajó como lavandera, como camarera y como criada, y finalmente, se puso en camino hacia Frankfurt. He hablado con una serie de personas que la conocieron entonces, y ninguna de ellas volvió a verla después de su partida. Tengo evidencias de que, cuando regresó a Francia, tres años después, estuvo viviendo en París; pero, por lo visto, fue sumamente discreta, ya que sólo dos personas recuerdan haberla visto. Una de ellas, significativamente, es un criado de la casa del marqués de Latour. Es decir: que a su regreso de Frankfurt, Isabelle fue a hablar con el padre de su difunto enamorado. Nadie sabe de qué trató esa conversación, salvo los dos implicados, y como ya le he comentado, el marqués no recibe a nadie.

Añadiré que parece ser que, cuando regresó de su viaje, Isabelle ya traía consigo al criado del que usted me habló, y estaba anormalmente pálida, pero no mostraba señales de haber incrementado sustancialmente su fortuna. Con esto quiero decir que consiguió el dinero a su regreso a París. Posiblemente, después de entrevistarse con el marqués de Latour.

Si quiere que le dé mi opinión, lo más probable es que ella regresara de Frankfurt embarazada del joven Latour, obligando así al marqués a mantenerla generosamente. Pero, como no he podido comprobarlo, decidí acudir personalmente a Frankfurt para tratar de averiguar qué sucedió durante los tres años que Isabelle estuvo fuera de Francia, y cuál fue la causa del fallecimiento del hijo del marqués. Acabo de llegar a la ciudad y esta misma tarde iniciaré mis investigaciones.

Cordialmente,
Jules Bronac

P.S.: Le adjunto un presupuesto aproximado de mis honorarios. Incluyen el viaje a Frankfurt.

Max dejó la carta, perplejo y algo molesto. No había contado con que Jules Bronac tuviese que desplazarse fuera de París para seguir la pista de Isabelle. El presupuesto era exorbitante, y Max no estaba seguro de que su paga como gendarme rural pudiese alcanzar a cubrir todos los gastos.

Debía reconocer, sin embargo, que aquel detective era condenadamente bueno. ¿Cómo se las había arreglado para encontrar a aquel cochero en una ciudad tan grande como París?

Volvió a examinar la carta. Bronac tenía razón: quedaba aún una serie de interrogantes por resolver, pero los resultados de la primera fase de la investigación arrojaban una nueva luz sobre la historia de Isabelle.

Así pues, el joven a quien ella había seguido por media Europa estaba ahora muerto. Ello explicaba que Isabelle vistiese de luto, e incluso que su mente hubiese resultado afectada después de la tragedia.

¿Pero qué relación mantenía Isabelle con el padre del difunto, un hombre que había tratado de apartarla por todos los medios del joven Philippe? La muchacha no había llegado a Beaufort con un bebé en brazos. Si le había dado al marqués un heredero, aunque fuese ilegítimo, ¿dónde estaba el niño?

Max sacudió la cabeza. Su conciencia le repetía insistentemente que aquello no era de su incumbencia, y que no debía fisgar en las vidas de los demás, como una señora Bonnard cualquiera.

Con un suspiro, Max tomó la pluma y escribió una carta de contestación en la que le confesaba al detective que sus honorarios superaban lo que él había previsto y que, por tanto, se veía obligado a pedirle que abandonara el caso. Por supuesto, le abonaría los gastos del viaje y las molestias, pero no podía permitirse continuar valiéndose de sus servicios.

Firmó la carta y dejó la pluma a un lado. Pensó que, seguramente, quedaría como un estúpido. Pero era mejor hablar con sinceridad y dejar las cosas claras.

Anochecía ya cuando Max regresó a su casa. Pasó por la plaza y saludó a los tres muchachos que se habían reunido junto a la fuente, sin saber que en aquellos momentos planeaban una expedición nocturna a la mansión Grisard.

Jerôme esperó a que el gendarme se perdiera de vista para subirse sobre el borde de la fuente. Estudió atentamente a sus dos compañeros. Fabrice Morillon sacaba pecho, tratando de parecer más alto, pero había traído el farol, como se le había pedido. El otro chico se llamaba Armand y era hijo del panadero. Llevaba una cuerda enrollada al hombro.

Jerôme asintió, satisfecho. Los tres habían salido a hurtadillas de sus casas y les esperaba una buena reprimenda cuando regresaran, pero estaban dispuestos a correr el riesgo.

—¡Adelante! —dijo simplemente Jerôme.

Saltó al suelo y echó a andar, y los otros dos lo siguieron.

Llegaron a la mansión media hora después, con la luna brillando en lo alto. Apagaron el farol, se ocultaron tras el árbol que había servido de escondite a Jerôme la primera vez y observaron.

No había luz en la ventana del sótano, pero sí en una de las habitaciones del piso superior.

—Mucho mejor —murmuró Jerôme—. Podremos explorar el sótano con tranquilidad.

—No, Jerôme, ¡mira! —dijo de pronto Armand.

Vieron que la luz se movía de ventana en ventana. La perdieron de vista y luego volvieron a descubrirla en la planta baja. Parecía evidente que Isabelle estaba bajando con una vela en la mano. «Que no vaya al sótano, que no vaya al sótano...», rogó Jerôme para sus adentros; pero no hubo suerte. Enseguida, la luz iluminó el ventanuco de la estancia que pretendían registrar.

—Bueno —les dijo a los demás en voz baja—, veamos qué se trae entre manos.

Los tres se acercaron a la ventana y se asomaron cautelosamente, pero se llevaron una decepción. Isabelle estaba sentada junto a la mesa y leía atentamente un libro. No había nada sospechoso o amenazador en su actitud. Jerôme buscó con la mirada el cuchillo ensangrentado, pero no lo vio.

Sin embargo, el muchacho no estaba dispuesto a rendirse.

—Armand —le dijo en un susurro a su compañero—, ya sabes lo que tienes que hacer.

El chico asintió, sin una palabra, y desapareció en la oscuridad. Sus dos amigos esperaron pacientemente.

Entonces Isabelle cerró de golpe el libro, con ademán decidido, y Jerôme se sobresaltó ligeramente, convencido de que los había descubierto. Pero la mujer parecía estar sumida en sus propios pensamientos. Se levantó de su asiento y se aproximó al otro extremo de la habitación, quedando fuera del campo de visión de los chicos.

—Vamos, Armand, deprisa… —murmuró Jerôme para sí mismo.

Se oyeron golpes en la puerta de entrada. Isabelle volvió a aparecer en el centro de la estancia, tensa. Jerôme y Fabrice cruzaron una mirada. Ambos se estaban preguntando lo mismo: ¿se atrevería una mujer que estaba sola en aquella casa tan apartada a abrir la puerta a un desconocido a aquellas horas de la noche?

Isabelle se atrevió. Tomó el candil con una mano, se recogió la falda con la otra y subió los escalones que llevaban a la planta baja.

Los chicos sabían que no tendrían mucho tiempo. Jerôme abrió el ventanuco, no sin dificultades, y miró abajo; comprobó, satisfecho, que no necesitarían la cuerda para entrar porque no había mucha altura, y se dejó caer en el interior del sótano. Fabrice lo siguió.

Jerôme miró a su alrededor, pero la luz de la luna no bastaba para distinguir nada.

—Fabrice, enciende el farol.

—¿El farol?

—Sí, el farol…, ¿no lo llevabas tú?

—Me lo he dejado detrás del árbol…

Jerôme soltó un juramento por lo bajo, pero trató de ver algo a través de la tenue luz que se filtraba por el ventanuco.

Mientras, Armand permanecía oculto en el jardín,

espiando las reacciones de Isabelle, que acababa de abrir la puerta de entrada. La joven levantó en alto el candil para iluminar las sombras.

—Mijaíl, ¿eres tú? —preguntó a la oscuridad.

Nadie contestó.

Desde su escondite, Armand sopesó un guijarro que acababa de recoger del suelo, apuntó a una ventana y lo lanzó. No pretendía romper el cristal, sino sólo distraer a Isabelle, pero calculó mal la potencia del lanzamiento...

Entretanto, sus compañeros seguían con su exploración. Jerôme estaba examinando la parte del sótano que no se divisaba desde fuera, pero sólo vio una pared desnuda. Fabrice había cogido el libro que Isabelle se había dejado sobre la mesa; le dio un par de vueltas, pero como no sabía leer, volvió a colocarlo donde estaba.

—Jerôme...

—¡Sshhhhh!... ¿Oyes eso?

Fabrice calló y aguzó el oído.

—No, ¿el qué?

Jerôme estuvo a punto de decirle que se acercara hasta donde él se encontraba, pero estaba demasiado asustado.

Habría jurado que alguien respiraba en alguna parte de aquel sótano.

Alguien más, aparte de ellos dos.

Fue entonces cuando un sonoro ¡crash! les hizo dar un salto y gritar al unísono.

—¡Nos han descubierto! —dijo Jerôme—. ¡Vámonos de aquí!

Acercaron una silla a la pared para trepar de nuevo hasta el ventanuco. No tardaron en salir del sótano como alma que lleva el diablo, sin molestarse siquiera en cerrar la ventana de nuevo. Jerôme echó a correr camino abajo, y Fabrice lo siguió. Ambos fueron vagamente conscientes de que Armand los seguía a una cierta distancia.

—¡Vamos, corred! —gritó Jerôme; quería evitar a toda costa que Isabelle reconociese a alguno de los tres, y prefería no detenerse hasta que la casa dejase de ser visible desde el camino.

—¡Jerôme, viene alguien! —lo avisó Fabrice.

Jerôme vio entonces a lo lejos una figura corpulenta que se acercaba por el camino, y se desvió bruscamente hacia la cuneta; pero el suelo cedió bajo sus pies, y el chico cayó por un terraplén.

Aterrizó varios metros más abajo, magullado y dolorido. Se dio cuenta enseguida de que su pierna izquierda se había llevado la peor parte.

Fabrice no tardó en caer a su lado con un quejido.

—¿Por qué has hecho eso, Jerôme? ¡Menudo golpe nos hemos dado!

—¡Calla! Todavía pueden oírnos. ¿Dónde se ha metido Armand?

Los dos miraron hacia arriba, hacia el lugar donde habían abandonado el camino, pero no vieron nada. Jerôme trató de ponerse en pie. El dolor le hizo gemir. Volvió a dejarse caer en el suelo, y echó un vistazo desalentado a su pierna hinchada.

—¡Lo que faltaba! —murmuró.

Mientras, Armand se había detenido en medio del

camino. La mansión Grisard había quedado oculta tras un recodo. Armand se sentía más seguro, pero había perdido de vista a sus compañeros y no entendía por qué. También él había visto la silueta que se acercaba, pero no lo consideró una amenaza: se limitó a esconderse detrás de un árbol que crecía al borde del camino, convencido de que el caminante no lo vería cuando pasara.

De momento, Armand estaba más preocupado por el cristal que acababa de romper. Se preguntó si Isabelle lo denunciaría al gendarme. En realidad, ella no podía saber con seguridad que había sido él. No había llegado a verle la cara cuando se había alejado corriendo en la oscuridad.

Algo alicaído, apoyó la espalda contra el tronco del árbol para recuperar el aliento.

De pronto percibió un movimiento por el rabillo del ojo y se giró, con el corazón latiéndole con fuerza. Escudriñó las sombras, pero no vio nada. Sin embargo, eso no lo tranquilizó. Si no hubiese sido porque parecía demasiado descabellado, Armand habría jurado que la misma oscuridad se había movido.

Se volvió hacia todos los lados, con aprensión. Todo estaba demasiado tranquilo. No se oía nada. La noche parecía estar conteniendo el aliento.

Armand tampoco se atrevía a respirar. El peso de aquel silencio le oprimía las entrañas. Se dio cuenta de que la figura del caminante había desaparecido, y un miedo oscuro e irracional se apoderó de él, envolviéndolo en su manto de pesadilla. Un extraño instinto le decía que algo invisible acechaba en la oscuridad

y tenía sus ojos clavados en él. Armand quiso huir, quiso gritar, pero lo único que pudo hacer fue quedarse clavado en el sitio, como petrificado, escuchando los alocados latidos de su corazón con la horrible sensación de que cada uno de ellos podía ser el último.

Armand cerró los ojos, rindiéndose al terror. Y entonces, súbitamente, algo le saltó sobre la espalda y lo derribó en el suelo. Armand trató de respirar, horrorizado. Giró la cabeza y sólo pudo ver unos ojos rojos y brillantes que relucían en la oscuridad, y unos colmillos que se cernían sobre él.

Armand gritó, antes de sumirse en las tinieblas.

Abajo, en el fondo del terraplén, sus amigos lo oyeron.

Inmediatamente después, oyeron otro grito, un chillido inhumano, escalofriante, que parecía haber sido creado en las entrañas mismas del terror.

Capítulo diez

Max fue sacado de la cama a unas horas realmente intempestivas por alguien que golpeaba desesperadamente a su puerta. Parpadeó, perplejo, y trató de despejarse. Las llamadas seguían sonando con insistencia. Max tanteó el suelo en busca de sus zapatillas.

—¡Señor gendarme! —oyó que lo llamaban desde fuera.

Era una voz masculina, y eso lo desconcertó todavía más. Había dado por supuesto que se trataba de nuevo de la criada de la asustadiza señora Lavoine, a quien su ama había enviado más de una vez de madrugada para buscar al gendarme porque había oído algún ruido supuestamente sospechoso.

—¡Señor gendarme! —insistió la voz.

—¡Ya va, ya va!

Max se apresuró a correr hasta la entrada. La persona que lo esperaba fuera seguía llamando, y cuando la puerta se abrió, su puño casi golpeó el rostro del gendarme.

Max dio un paso atrás.

—¡Caramba, Michelet! ¡No hace falta que me agreda usted!

El hombre que había venido a buscarlo era de mediana edad, poca estatura y facciones rubicundas. Su rostro, habitualmente colorado, se hallaba ahora mortalmente pálido.

—Señor Grillet. Se trata de mi hijo…

Michelet era el panadero de Beaufort. Y estaba aterrado.

Momentos después, los dos hombres entraban en la casa donde yacía el joven Armand. Su madre lanzó una exclamación al oírlos llegar.

—¡Gracias a Dios! —suspiró, llorosa, retorciéndose las manos de puro histerismo.

Max se acercó a la cama del muchacho y se inclinó junto a él.

Armand estaba inconsciente, pero su rostro no mostraba signos de violencia. Max retiró un poco la manta. Tampoco halló ninguna lesión en su cuerpo, al menos a simple vista. Movido por un presentimiento, le volvió con cuidado la cabeza para examinar su cuello, pero no encontró las dos marcas de colmillos que había visto en el cuerpo de la vaca de Morillon.

—¿Qué le ha pasado?

Michelet negó con la cabeza.

—No lo sabemos, señor Grillet. Estábamos preocupados porque se hacía tarde y Armand no había vuelto a casa, de manera que decidí salir a buscarlo. Recorrí todo el pueblo, pero nadie lo había visto. Entonces regresé a casa para ver si mi hijo había vuelto mientras yo lo buscaba. Y lo encontré tendido ante el umbral, inconsciente.

—¡Qué extraño! ¿Quiere decir usted que el chico se desmayó en la puerta de su casa?

—¡Lo han atacado! —chilló su madre.

—Pero, señora, el muchacho no presenta señales de violencia. Por otro lado —añadió—, yo no soy médico, y no sabría decirle cuál ha sido la causa de su desvanecimiento.

—Pasé por casa del doctor Leblanc antes de ir a avisarle a usted. Debe de estar a punto de llegar —dijo Michelet.

No había terminado de pronunciar estas palabras cuando sonó una serie de golpes en la puerta. La panadera corrió a abrir, y reapareció minutos más tarde acompañada por el médico y dos chicos. Uno de ellos cojeaba.

—Disculpen el retraso —dijo el doctor Leblanc—. Me encontré con estos dos muchachos mientras venía. Me han dicho que estaban con Armand, y me ha parecido buena idea traerlos.

—¡Jerôme! ¡Fabrice! —exclamó Max al reconocerlos—. ¿Qué os ha pasado?

—Todo a su tiempo —dijo el médico—. Primero vamos a ver qué le ha ocurrido a Armand.

Se inclinó junto al muchacho, le tomó el pulso y le examinó las pupilas. Armand gemía de vez en cuando, y se agitaba en un sueño intranquilo. Sus padres contemplaban la escena nerviosos, pero mirando al doctor con una confianza ciega en sus habilidades. Max sabía que Beaufort había tenido mucha suerte con el doctor Leblanc, que había trabajado en Londres y París antes de instalarse en el pueblo. A diferencia de otros médicos rurales, el doctor Leblanc había visto mundo, y conocía el oficio.

Finalmente, el médico se levantó, dando por concluido su examen.

—¿Qué le han hecho, doctor? —preguntó enseguida la panadera, ansiosa.

—No muestra señales de haber sido atacado, Blanche —respondió el médico—, tranquilícese usted. Las únicas heridas que presenta son rasguños en las rodillas y las palmas de las manos, como si se hubiese caído al suelo. Pudo haber tropezado o tal vez lo empujaron. Pero ahora mismo, eso es lo de menos. Verán, este chico parece haber sufrido un *shock*.

—¿Un qué? —preguntó la panadera.

—Un *shock*. Es una palabra inglesa que se usa para designar un golpe emocional particularmente fuerte. Algo lo ha asustado o impresionado tanto que le ha hecho perder la consciencia.

—Pero… despertará, ¿no es cierto?

—Oh, no le quepa duda. Pero no sabría decirle cuándo. Puede tardar días o semanas. Mientras tanto, permanecerá así, delirando. Puede que tenga algunos momentos de lucidez. En tales ocasiones, deben darle algo de comer para que no se debilite, preferiblemente líquido: caldos, sopas, leche y agua, mucha agua. Su mente tardará un tiempo en reponerse de la impresión.

—Pero, ¿qué ha visto exactamente? —quiso saber Michelet, frunciendo el ceño.

116

El doctor Leblanc movió la cabeza.

—Tendremos que esperar a que él mismo nos lo cuente cuando despierte. A no ser, claro —añadió, volviéndose hacia los otros chicos—, que estos muchachos puedan decirnos algo al respecto.

Jerôme y Fabrice cruzaron una mirada. Los dos estaban llenos de rasguños y magulladuras. Jerôme estaba pálido y recostaba la espalda contra la pared. Parecía que no podía apoyar el pie izquierdo en el suelo.

La panadera pareció entonces reparar en ellos por vez primera. Los hizo sentarse y fue a preparar algo caliente. Mientras el médico examinaba la pierna de Jerôme, Fabrice empezó, vacilante:

—Fuimos al bosque y… bueno, se nos hizo tarde.

—¿Cuándo salisteis? —interrumpió Max—. Porque yo os vi en la plaza al anochecer.

Fabrice enrojeció, pero Jerôme tomó la palabra.

—Salimos muy tarde. Pensábamos coger un par de nidos y volver enseguida, pero se nos hizo de noche…

Max sospechaba que Jerôme mentía, pero lo dejó hablar.

—Echamos a correr de vuelta al pueblo, pero Fabrice y yo resbalamos y nos caímos por un terraplén. Armand iba detrás. Lo oímos gritar, y luego escuchamos otro grito…, como un aullido de rabia. Bueno…, algo parecido.

Había bajado el tono de voz, como si no se atreviese a seguir hablando. Los dos chicos habían palidecido nuevamente y parecían temblar de puro terror.

—Subimos otra vez hasta el camino —prosiguió Jerôme—. Nos costó mucho, porque me dolía la pierna, y Fabrice tenía que cargar conmigo... Pero, cuando llegamos, no vimos a nadie. Tampoco se veía a Armand por ninguna parte, y nos asustamos mucho. Cuando logramos llegar hasta el pueblo, nos cruzamos con el doctor, y él nos dijo que habían encontrado a Armand en la puerta de su casa.

Jerôme calló. Max intuía que los chicos le habían contado una verdad a medias, pero no estaba seguro de que aquél fuese el mejor momento para interrogarlos al respecto. Además, la parte de la historia que le parecía falsa era, justamente, la más creíble, es decir, la primera. ¿Por qué habían ido al bosque al anochecer? ¿Qué le estaban ocultando? Y, por otro lado, ¿qué ganaban contando la historia del aullido? ¿Y por qué tenía Max la espantosa sensación de que ellos sí creían en lo que le estaban contando, al menos en lo referente a los últimos detalles de su relato?

—Bueno, Jerôme, tienes la pierna fracturada —intervino entonces el doctor Leblanc—. Te la entablillaré. No es grave, pero debes guardar reposo. Si fuerzas la pierna, el hueso no se soldará bien, y puedes arrastrar una cojera el resto de tu vida.

Jerôme asintió. Max iba a decir algo, cuando alguien más llamó a la puerta. Eran Henri Morillon y Benoît Bonnard, los padres de los otros dos chicos, que habían sido avisados por el ayudante del doctor Leblanc. A Morillon lo había encontrado vagando por el pueblo, buscando a su hijo perdido. Por su parte, Bonnard se hallaba aporreando la puerta de la casa de Max cuando el joven le avisó de que Jerôme estaba en casa de Michelet.

118

Los momentos siguientes fueron confusos. Todo el mundo hablaba a la vez, y el médico tuvo que echarlos a todos de la habitación de Armand, para que el muchacho pudiera descansar. Cuando el doctor Leblanc terminó de entablillar la pierna de Jerôme, Max ordenó que todos volviesen a sus casas. Al día siguiente hablarían del asunto con más calma.

Él mismo regresó junto con el doctor Leblanc.

—Entre nosotros, señor Grillet —dijo el médico, una vez estuvieron lejos de oídos indiscretos—, lo que le ha pasado a Armand no es normal.

—Pero no es grave, ¿verdad?

—Él es un chico fuerte y saldrá de ésta. Mire, no lo he dicho antes para no alarmar a sus padres, pero nunca he visto nada parecido. Conozco de oídas el caso de una muchacha que quedó cataléptica después de presenciar el asesinato de sus padres. En Dijon, un niño perdió el habla tras ser rescatado de un edificio en llamas. La reacción de Armand no se aleja de estos casos.

—Comprendo —asintió Max, inquieto.

—Como ve, en ambos casos el factor desencadenante fue un suceso decididamente traumático.

El médico se detuvo para mirar fijamente a Max:

—La pregunta es: ¿qué le ha pasado a Armand?

—¿Cree usted la historia de Jerôme y Fabrice? —dijo Max.

—¿La cree usted?

—No sé qué pensar. Parecían sinceros en cuanto a lo de la caída por el terraplén, incluso cuando hablaban de ese… extraño grito. Pero al mismo tiempo tengo la sensación de que ocultan algo.

El médico asintió.

—¿Sabe lo que creo yo? Creo que esos chicos salieron de noche a hacer algo que no debían, y se toparon con la horma de su zapato. No quieren contar adónde fueron para que nadie descubra que ellos no debían estar allí.

—Eso mismo pensaba yo —convino Max—. El problema es que Armand vio algo terrible que lo ha llevado al estado en el que se encuentra, y nos sería de mucha utilidad que ellos dijeran exactamente dónde se encontraban cuando eso sucedió. Mañana mismo iré a hablar con Jerôme.

—Será lo mejor.

Max asintió, pero no dijo nada. Los dos hombres siguieron caminando calle abajo en silencio. Finalmente, llegaron ante la puerta de la casa del médico.

—Cambiando de tema, doctor —dijo Max entonces—, me gustaría hacerle una consulta. Dígame, ¿qué pensaría usted de una mujer que lleva las muñecas vendadas?

—Muy sencillo: que ha tratado de quitarse la vida.

—¿Cómo?

—Es uno de los métodos más empleados a la hora de suicidarse, ¿no lo sabía usted? El otro es el tiro en la sien, pero son los hombres quienes más recurren a él. Las mujeres toman somníferos o bien se cortan las venas. Dos tajos en las muñecas y la víctima se desangra sin remedio. La muerte no tarda en llegar.

Max abrió la boca para añadir algo, pero se lo pensó mejor. Se despidió del doctor Leblanc y siguió su camino calle abajo.

Le costó volver a dormirse aquella noche. A simple vista no había nada que relacionase a Armand con la señorita Isabelle. El chico había visto algo que lo había aterrorizado hasta el punto de perder el sentido. Isabelle se comportaba de manera extraña y había tratado de suicidarse, probablemente a causa de la muerte de Philippe de Latour.

Tampoco parecía haber conexión entre ambos hechos y la insólita muerte de la vaca de los Morillon.

Pero eran tres acontecimientos extraordinarios ocurridos en un lapso muy breve de tiempo, en una población en la que nunca ocurría nada fuera de lo corriente. Parecía inevitable establecer relaciones, aunque fuesen más intuitivas que lógicas.

Y Max sabía que, tarde o temprano, las gentes de Beaufort buscarían un cabeza de turco. «Y no los culparía si señalasen a Isabelle», pensó. «Yo mismo pedí a Bronac que la investigara.»

Todavía se resistía a reconocer que su interés por ella iba más allá de la simple curiosidad, pero debía admitir que lo que el doctor Leblanc le había contado había hecho aumentar su preocupación por el estado de salud de la joven. Con todo, Isabelle seguía siendo un enigma para Max. Vestía de luto, vivía de noche, estaba enferma y había tratado de quitarse la vida, pero ardía en sus ojos un fuego interior, una determinación y una fuerza que no eran propios de una joven delicada de salud.

Max siguió dando vueltas en la cama hasta que los gallos cantaron al quebrar el alba. Entonces, se levantó e hizo tiempo hasta que le pareció que era una hora prudente para visitar a Michelet y preguntar cómo se encontraba Armand.

Isabelle y sus paradojas tendrían que aguardar a que las cosas volvieran a su cauce en Beaufort.

No pasó mucho tiempo en casa del panadero, porque no se habían producido cambios en el estado de Armand. Max tranquilizó una vez más a la preocupada madre y se dirigió entonces a casa de los Bonnard. Le costó un poco que le permitiesen hablar con el chico a solas, porque la señora Bonnard no quería separarse de él, pero finalmente estuvieron los dos frente a frente.

—Ya sé por qué ha venido —dijo Jerôme, a la defensiva—. No nos cree, ¿verdad?

—Sí y no, Jerôme. Puede que sea verdad que caísteis por un terraplén, que oísteis un grito extraño y que luego no encontrasteis a Armand por ninguna parte, pero, con franqueza, me parece algo estúpido salir a coger nidos después de cenar. ¿Me entiendes?

Jerôme le lanzó una mirada de soslayo.

—Ah. Comprendo. Ella ha hablado con usted, ¿verdad?

Max cazó aquella información al vuelo y reaccionó a tiempo, ocultando el interés que había producido en él aquella nueva información.

—Bueno —dijo con cierta cautela—, a estas alturas todo el mundo sabe lo que os pasó anoche, y ella estaba preocupada…

—Sí, claro —replicó Jerôme con cierto sarcasmo—. No me tome el pelo.

Max se quedó callado, esperando que el chico siguiese hablando. Jerôme se removió, incómodo.

—Mire, tampoco es tan grave. Sólo era un cristal, ¿entiende? Además —vaciló un momento, y luego añadió—, lo que le ha pasado a Armand es culpa suya. Estoy seguro de que ella esconde al monstruo en su sótano. Yo lo oí respirar, ¿sabe?

Esta vez, Max no pudo evitar parecer algo perplejo; pero Jerôme estaba demasiado agitado para darse cuenta.

—¡Escuche! Tienen que atraparlo. Sale por las noches, ¿entiende? Nos persiguió desde la casa. Si Fabrice y yo no nos hubiésemos caído por el terraplén, también nos habría cogido a nosotros.

—En ese caso —dijo Max—, sería de gran ayuda que me dijeses dónde caísteis exactamente… para buscar huellas, ¿comprendes?

Jerôme miró al gendarme con desconfianza. Empezaba a sospechar que había hablado más de la cuenta.

—Ya lo sabe, ¿no? Cerca de la casa de ella.

Max no las tenía todas consigo, pero la única manera de averiguar si estaba en lo cierto era lanzando un dardo al azar.

—Pero el camino que va desde Beaufort hasta la casa de Isabelle es bastante largo. ¿Dónde fue, exactamente?

Por la expresión del muchacho, supo inmediatamente que había acertado, y bendijo interiormente a la señorita Dubois por haberle enseñado los métodos sutiles.

—Mire, señor Grillet, yo le llevaré hasta allí en cuanto esté bien de la pierna, pero no se lo diga a mis padres, por favor. Nosotros no queríamos causar daños. Yo sólo pretendía entrar en el sótano, y Armand tenía que distraer a la señorita Isabelle, pero supongo que no fue su intención romper ese cristal...

Max empezó a ver más clara la historia. Jerôme le contó todo cuanto sabía, y el gendarme le prometió que investigaría ese sótano. Tras confesarle al muchacho que en realidad no había hablado con Isabelle, le dijo que, si ella no presentaba una queja, los padres de los chicos no tenían por qué enterarse. Pero interiormente dudaba de que la historia se mantuviera en secreto mucho tiempo más.

Dejó a Jerôme y se encaminó a la granja Morillon. La historia que le contó Fabrice no difería mucho de la de Jerôme, salvo en algunos de los detalles fantásticos. Él no había visto el cuchillo ensangrentado ni oído aquella respiración en el sótano, pero sí había escuchado el grito, al igual que Jerôme.

—No sé si era el monstruo, señor Grillet —dijo—. Ya sabe usted, el monstruo que mató a nuestra vaca. Pero sonaba horrible. Aunque yo no vi nada raro en aquel sótano. Era pequeño, y el monstruo es muy grande. No habría cabido allí.

—Entiendo —asintió Max.

Sin embargo no estaba muy seguro de entenderlo, y estaba empezando a preocuparse seriamente. Si hubiese sido un incidente aislado, Max no le habría concedido mayor importancia, atribuyendo aquella descabellada historia a la desbordante imaginación de dos muchachos. Pero el caso era que había una vaca muerta, un chico en estado de *shock* y cuatro personas que decían haber escuchado un extraño grito cerca de la casa de Isabelle.

Cuando salió de la habitación, Henri se acercó a él para hablarle a solas. Por una vez no parecía tímido y azorado, y aunque habló en voz baja, su tono era firme, decidido y seguro.

—Mire, señor gendarme —empezó—, cuando murió la vaca, Rouquin dijo que el próximo podía ser un hijo mío. Dios sabe que no le deseo ningún mal al hijo de Michelet, pero me alegré de que mi Fabrice volviera a casa sano y salvo. Sin embargo, mire, no sé qué vieron allí, pero pudo haber sido peor, mucho peor. Tenemos que hacer alguna cosa, señor gendarme. Por el bien de nuestros hijos.

Max volvió a la gendarmería con una espantosa sensación de desaliento. No sabía a qué se enfrentaban, si es que estaban enfrentándose a algo, pero sí sospechaba que Morillon tenía razón, y que los tres jóvenes de Beaufort habían sentido en la nuca el helado aliento de la muerte.

Capítulo once

En los días siguientes, Max trabajó a destajo. Volvió a entrevistarse con Jerôme y Fabrice y tomó notas de todo cuanto le dijo el médico acerca del estado de Armand, que seguía inconsciente. Fue con Fabrice y su padre a examinar la zona donde, supuestamente, algo había atacado a Armand. Encontraron el lugar porque el talud todavía mostraba el rastro que habían producido los cuerpos de los chicos al caer por allí, pero no hallaron nada más. Por otro lado, la tierra del camino estaba reseca y no había huellas.

Después, Morillon ordenó a su hijo que volviera a casa, y él y Max se dirigieron a la mansión Grisard. Cuando llegaron, Max se fijó por primera vez en el jardín que tanta tristeza había causado a la esposa del notario. ¿Por qué Isabelle no había hecho nada por arreglar aquel lugar tan desolado? ¿Qué hacía encerrada en casa todo el día?

Max sacudió la cabeza y trató de concentrarse en su trabajo. Llamó a la puerta. Los dos hombres esperaron un rato, y finalmente la puerta se abrió.

—Señorita Isabelle —dijo Max.

Henri se quitó la gorra y saludó con una inclinación de cabeza.

—Señor Grillet. Señor… ¿Morillon? —sonrió cuando Henri asintió sin una palabra—. Me alegro de volver a verle. Ha pasado mucho tiempo.

Max cayó en la cuenta de que, efectivamente, Isabelle y Henri no se habían visto en todo el tiempo que ella llevaba en Beaufort después de su regreso, lo cual era un indicativo de hasta qué punto vivía retirada la joven, puesto que sus respectivas propiedades estaban relativamente cerca.

Henri había bajado la cabeza y jugueteaba nerviosamente con su gorra. Nadie lo llamaba nunca «señor».

Max se aclaró la garganta.

—Señorita Isabelle, lamento molestarla de nuevo, pero se ha producido un incidente grave en el pueblo, y me temo que sucedió cerca de aquí.

Ella se llevó una mano a los labios, reprimiendo una exclamación. Max advirtió que, de nuevo, las largas mangas de su vestido ocultaban sus muñecas.

—¡No! Dígame, ¿qué ha pasado?

—¿No lo sabía? El joven Armand Michelet está inconsciente. Sus amigos dicen que algo lo atacó.

—¿Y dice… que ha ocurrido por aquí cerca?

—Cuando regresaban de su casa, para ser exactos.

—¿De mi casa…? ¡Oh, ya recuerdo! ¡Los chicos de la otra noche! Intentaron asustarme, ¿sabe usted? Me rompieron un cristal…

—Lo sabemos, señorita Isabelle —respondió Max.

127

Entonces echó un vistazo a Henri y se dio cuenta, por su expresión, de que él no conocía aquel detalle de la expedición nocturna de su hijo.

—Por suerte es la ventana de una habitación que no uso —prosiguió Isabelle—. Pero me dieron un susto de muerte. Pensé en ir a quejarme, pero Mijaíl ha regresado esta mañana, y no creo que se atrevan a volver.

—Tampoco yo creo que se atrevan a volver, señorita, con Mijaíl o sin él —replicó Max, con cierta sequedad—. Huyendo de su casa, Jerôme se fracturó una pierna y Armand quedó en estado de *shock*.

Esperaba que ella le preguntase qué significaba «estado de *shock»*, pero no lo hizo.

—¿Qué intenta decirme? Unos gamberros vienen por la noche a asustarme y a causar desperfectos en mi casa, quedan heridos en la huida…, ¿y usted insinúa que es culpa mía?

—No he dicho eso, señorita Isabelle, pero le agradecería que tratase el asunto con menos frivolidad. Algo ha aterrorizado a Armand hasta hacerle perder el sentido, y Jerôme Bonnard jura y perjura que ese algo salió de su sótano.

Isabelle palideció.

—¿De mi sótano? Pero eso es absurdo, Max. No hay nada en mi sótano, excepto mucho polvo.

Max y Henri cruzaron una mirada.

—¿Nos permitiría entrar a comprobarlo? —dijo Max.

En contra de lo que esperaba, Isabelle se hizo a un lado con sorprendente presteza.

—Adelante —dijo, muy digna—. Espero que, cuando se haya convencido de lo ridículo de sus acusaciones, dejarán de molestarme con sospechas infundadas.

Max hizo oídos sordos y entró en la casa, seguido de Morillon.

—¿Dónde está Mijaíl?

—Supongo que preparando el té. Le diré que haga un poco más.

—No se moleste, Isabelle. Nos iremos enseguida.

Ella los guió corredor abajo, con la ligereza de una gacela. Pasaron frente a la cocina y vieron que, efectivamente, el enorme criado de Isabelle estaba colocando una tetera en el fuego.

De pronto, ella se detuvo y se hizo a un lado para mostrarles algo.

—Estas escaleras llevan al sótano —dijo—. Abajo sólo guardamos algunas herramientas. Debo decir que está bastante vacío, comparado con otros sótanos.

En cuanto pusieron los pies en él, se dieron cuenta de que Isabelle tenía razón. El sótano era sorprendentemente pequeño y estaba sorprendentemente vacío. Max miró a su alrededor, preguntándose qué diablos había llamado la atención de Jerôme como para que hubiese ido dos veces a examinarlo.

—¿Sabía que los chicos entraron en su sótano anoche, señorita Isabelle?

—A decir verdad, no. No suelo bajar aquí, ¿sabe usted?

—Jerôme afirma lo contrario.

Isabelle rió desdeñosamente.

—Me parece a mí que Jerôme tiene mucha imaginación.

Max descubrió entonces un detalle interesante.

—La ventana está cerrada. Fabrice dice que se la dejaron abierta. Y dejaron también una silla apoyada contra la pared.

—Mijaíl lo habrá vuelto a colocar todo en su sitio. Él guarda aquí sus herramientas, ¿no lo he dicho?

Henri asintió; en aquel momento estaba examinando el armario donde se hallaban los pertrechos que había mencionado Isabelle.

Max estaba echando un vistazo a una estantería vieja que colgaba de una pared. En ella sólo había unos cuantos cuadernos viejos y un libro. Max leyó el título del lomo: «Hijos de la noche, por Martin Dagenham». Iba a sacar el libro para hojearlo cuando recordó la conversación que había sostenido con el notario, y miró al techo, por si un murciélago gigante se ocultaba entre las vigas. Pero había demasiadas sombras como para comprobarlo desde allí. Max pidió entonces un candil y una escalera y subió con precaución.

—¿Qué está buscando allí? —preguntó Isabelle, aprensiva.

—Hay quien dice que el monstruo que aterroriza a Beaufort tiene alas y gusta de esconderse en los sitios oscuros.

—¿Me toma usted el pelo?

—En absoluto, señorita Isabelle.

Pero, concluido su examen, tuvo que reconocer que no había ningún murciélago tropical oculto en el sótano de la mansión Grisard.

Examinaron después el resto de la vivienda, y enseguida descubrieron que no había mucho que ver. Lo

que Max halló en casa de Isabelle no fue muy diferente a lo que habían visto las comadres en su primera y única visita a la mansión: escaso mobiliario, pocos efectos personales y una desesperanzadora sensación de soledad y abandono.

Cuando bajaron de nuevo, les llegó el aroma del té recién hecho, y Max supo que no podría resistirse a una taza. Por fortuna, Mijaíl había hecho té suficiente para todos. Sólo había dos sillas en la cocina, y Max rogó a Isabelle que se sentara, pero ella permaneció de pie, de modo que las sillas quedaron libres.

Bebieron el té en silencio, hasta que Max dijo:

—No puedo evitar sentir curiosidad, señorita Isabelle. Lleva usted ya tiempo viviendo entre nosotros y, sin embargo, su casa sigue siendo tan…

—¿Precaria? —lo ayudó Isabelle y clavó en él una mirada penetrante—. Tiene usted razón. Sucede que no considero que valga la pena arreglar nada, porque espero poder abandonar Beaufort el año próximo.

—¿De veras?

Isabelle asintió.

—Mi deseo es buscar una bella finca en Italia, junto al mar —suspiró levemente; su mirada se perdía en el suelo de un lugar lejano, un lugar mejor—. Con mucho sol. Mucho sol —repitió.

Dejó la taza sobre la mesa y miró a Max a los ojos. La nostalgia había desaparecido de ellos, siendo reemplazada por una cierta dureza.

—No pienso quedarme aquí el resto de mi vida —concluyó.

Max asintió, pero no dijo nada más, aunque Isabelle

parecía desafiarlo a que siguiera hablando. También él dejó su taza sobre la mesa.

—Bien, señorita Isabelle. Lamento haberla molestado. Ya nos vamos.

—No se preocupen. Espero que encuentren a... ese animal.

—Hay quien jura que es un demonio. La gente ya no sabe qué pensar.

Isabelle palideció un poco más. Los acompañó hasta la puerta.

—Gracias por el té —dijo Max.

La joven se apoyó contra la pared. Parecía exhausta, pero su voz sonó firme y segura cuando dijo:

—Les deseo mucha suerte. Espero que Armand se recupere. Iría a visitarlo, ¿sabe usted?, pero me temo que no sería muy bien recibida.

Max no hizo comentarios. Se despidió de ella y, seguido de Henri, abandonó la casa.

Un par de días más tarde, recibió una carta de Jules Bronac.

Desde Polonia.

Parpadeó, perplejo. ¿Qué diablos hacía Bronac en Polonia? ¿Es que no le había llegado la carta en la que le pedía que abandonase la investigación? Iba a abrir el sobre cuando Michelet asomó la cabeza por la puerta.

—¡Señor Grillet! Tiene que venir a casa.

—¿Qué ha pasado?

—Mi hijo ha recuperado la consciencia.

Max se guardó la carta en el bolsillo y corrió, presuroso, tras Michelet.

Cuando llegaron a la casa, el médico les explicó que el muchacho se encontraba confuso y desorientado, y no recordaba nada de lo sucedido la noche de su expedición nocturna.

—¿Que no recuerda nada? —repitió Max, desconcertado—. ¿Cómo? ¿Ha perdido la memoria?

—Sólo en lo referente a aquella noche en concreto. No es extraño que su mente haya olvidado lo que le causó tanto terror. Recuerda un par de detalles, sin embargo. Creo que debería usted hablar con él, por si le sirve de ayuda. Pero no lo canse ni le obligue a tocar temas de los que no quiera hablar. Está todavía muy débil.

Max entró en la habitación de Armand, pero su madre se negó a dejarlos a solas. El gendarme se sentó junto a la cama.

—Armand —dijo con suavidad—. ¿Me oyes?

—¿Mmmm? —El chico abrió los ojos y lo miró con gesto cansado—. Ah, señor Grillet. El doctor me dijo que vendría.

—Sí. Me preguntaba si querrías contarme alguna cosa.

El muchacho frunció el entrecejo, tratando de pensar.

—Se lo he contado a mi madre, y al doctor. Recuerdo que salí de mi casa aquella tarde y anduve por un camino. Y después…, no sé.

Hizo una pausa, parecía que vacilaba.

—Ojos —dijo finalmente.

—¿Ojos? —repitió Max, desorientado.

Armand asintió.

—Ojos rojos que brillaban en la oscuridad. Parecían humanos, pero no lo eran —cerró los ojos y sacudió la cabeza, como si quisiera olvidarlo—. Luego todo se volvió oscuro. Y el suelo se movía.

—El suelo se movía —reiteró Max, perplejo.

—No sé si pasó de verdad o sólo lo soñé, señor Grillet. Pero yo...

—Está bien, está bien —lo interrumpió al ver que comenzaba a alterarse—. No te preocupes por eso, Armand. Trata de dormir un poco.

—No quiero dormir más. He dormido mucho, señor Grillet. No quiero dormir más.

A pesar de sus palabras, parecía muy cansado, y Max no quiso fatigarlo más. Se levantó, se despidió de él y salió de la habitación.

Fuera lo esperaba el doctor Leblanc.

—¿Y bien? ¿Le ha contado a usted lo de los ojos rojos?

—¿Cree que lo ha soñado mientras estaba inconsciente, doctor?

—Pudiera ser. La mente humana es un misterio. Pero lo que me preocupa es que vaya contando esa historia por ahí, ¿me entiende?

—Perfectamente.

—Me temo que nos aguardan tiempos extraños, señor Grillet. Verá, podemos enfrentarnos a un animal salvaje, incluso a un monstruo o un demonio. Pero es mucho más difícil enfrentarse al miedo.

—¿Al miedo a lo desconocido?

—Al miedo, sin más. Armand lo sabe. Por eso ha olvidado todo lo que vio.

Max no estaba muy seguro de haber comprendido sus palabras.

Aquella tarde se encerró en la gendarmería para poner en orden sus notas. Lo estaba haciendo cuando se presentó la señorita Dubois.

—Me he enterado de que hay buenas noticias.

—Sí, Armand se ha despertado, gracias a Dios. Pero no recuerda casi nada de lo que sucedió aquella noche.

Max le contó la conversación que había mantenido con el muchacho, y las valoraciones del doctor Leblanc.

—Es una lástima que Armand no haya podido contar nada más —comentó la anciana—. A propósito, he oído por ahí que Isabelle tiene algo que ver con lo que le ha pasado al chico. ¿Qué sabes tú de eso?

—Verá, señorita Dubois, por lo que he podido averiguar, los tres chicos fueron aquella noche a la mansión Grisard con la intención de registrar el sótano de Isabelle.

—¿Y eso por qué?

—Jerôme estaba convencido de que había algo extraño en él. Por lo que sé, ya estuvo espiando en otra ocasión a través de la ventana, y vio a Isabelle y a Mijaíl con un cuchillo ensangrentado. No sé qué pensó, ni por qué cree que ese sótano guarda relación con la muerte de la tristemente célebre vaca de Morillon…

—El grito que oímos Marie y yo —dedujo la señorita Dubois.

—Sí, Jerôme y Fabrice dicen que también lo oyeron.

—¿En el sótano?

—No, en el camino. Pero verá usted, acabo de registrar la casa de Isabelle palmo a palmo y no he encontrado huellas de ese supuesto monstruo.

Max le contó a la señorita Dubois todo cuanto había averiguado. La anciana frunció el ceño.

—Hasta el momento —concluyó Max—, los hechos son los siguientes: en primer lugar, Isabelle vuelve a Beaufort después de llorar en Frankfurt la muerte de su amado, y vive de manera solitaria y excéntrica, con la única compañía de un criado extranjero, y que no habla, para más datos. Sospechamos que puede estar enferma, no sólo de cuerpo, sino también de mente, ya que ha intentado quitarse la vida. Tal vez ahí encaje el cuchillo ensangrentado que vio Jerôme, si es que vio tal cuchillo de verdad. En segundo lugar, ustedes oyen un grito extraño cerca de su casa. Días después, la vaca de Morillon es hallada muerta, atacada por algún insólito animal, posiblemente un murciélago del trópico, que la ha desangrado por completo. Nosotros buscamos al animal en los alrededores y no hallamos nada, pero Jerôme parece ser de distinta opinión, puesto que espía a Isabelle, no una, sino dos veces. La segunda vez, dice oír a alguien o algo respirando en ese sótano, y está convencido de que ese algo atacó a Armand, aunque él no llegó a verlo. Pero el caso es que algo asustó a Armand aunque no le causó daños físicos. Por otro lado, ¿cómo sucedió todo? ¿Perdió Armand el conocimiento en el camino? Y, si es así, ¿cómo llegó luego hasta su casa? Si fue allí por su propio pie, ¿por qué se desmayó a la entrada? Todo esto es muy extraño. Y sucedió cerca de la casa de Isabelle, una casa que he registrado minuciosamente.

—Te olvidas del médico, ese tal Delvaux.

—Cierto. Otro que se acerca a la mansión Grisard y huye despavorido. Pero Isabelle sigue allí, diciendo que no son más que imaginaciones de chiquillos… Y hablando del médico, ¿le he contado que fue enviado por el marqués de Latour, el padre del difunto Philippe de Latour?

—Sí, me lo comentaste en su día, y debo decir que me dejaste bastante perpleja.

Los dos callaron un momento. La señorita Dubois tenía el ceño fruncido en señal de concentración. Finalmente exhaló un suspiro y se recostó sobre su asiento.

—Me rindo, Max. Se nos escapa algo, pero no logro adivinar el qué. Me temo que la situación se nos ha ido de las manos. Todo el mundo habla de ello.

Max había estado todo el día trabajando y no había tenido tiempo de prestar atención a lo que se decía por ahí, pero podía imaginarlo.

—La gente está asustada —prosiguió la señorita Dubois—. Dicen que hay algo maligno que acecha Beaufort. No sé, Max, no estoy segura de que se conformen con tu teoría de los murciélagos tropicales.

—No, eso me temo. ¿Sospechan de Isabelle?

—Algunos sí, otros no. Pero eso es porque no todo el mundo sabe que el ataque se produjo cerca de la mansión Grisard.

—No tardarán en enterarse. Tengo que actuar inmediatamente.

—¿Y qué vas a hacer?

—Organizar otra batida. Si encontramos algo, mejor que mejor; si no lo hacemos, al menos mantendré callados a hombres como Rouquin y Bonnard.

Pareció que la señorita Dubois iba a replicar, pero finalmente no dijo nada.

Los hombres se mostraron enseguida dispuestos a cooperar, y Rouquin expresó su satisfacción ruidosamente.

—Esta vez —decía—, lo haremos bien. Registraremos casa por casa. Buscaremos en cada sótano, en cada granero, en cada escondrijo, en cada agujero, debajo de cada piedra. Y lo encontraremos.

Pero, por segunda vez, no hallaron nada. En esta ocasión, no fue Max el encargado de acudir a la mansión Grisard, que fue registrada nuevamente, pero supo que el grupo formado por el señor Chancel, Boutel y un receloso Bonnard examinó hasta el último rincón sin encontrar al hipotético monstruo, ni el más mínimo rastro de él.

Rouquin estaba furioso.

—¿Dónde te escondes, condenado? —rugió, cuando los hombres se reunieron de nuevo, después del rastreo—. ¿Dónde?

Michelet se volvió hacia Max, y éste supo lo que iba a decir antes de que hablara.

—¿Qué hacemos ahora, señor gendarme?

—¿Cómo se encuentra Armand?

—Mucho mejor, a pesar de que sigue sin recordar nada.

—La pregunta continúa en pie —intervino Rouquin—. ¿Cómo cazamos a ese maldito bastardo?

—Hay varios problemas al respecto —dijo Max—. Primero, no tenemos idea de lo que andamos buscando. Segundo, tampoco estamos seguros de que el chico y la vaca fueran atacados por la misma criatura…, y por el amor de Dios, ni siquiera sabemos si Armand ha sido atacado.

Michelet abrió la boca para protestar, pero Max lo detuvo con un gesto.

—Tercero —prosiguió—, ya hemos registrado todo Beaufort y no hemos encontrado nada. Es decir: ¿qué más podemos hacer? Si alguien tiene alguna idea, estaré encantado de escucharla.

Max calló y esperó, pero, como imaginaba, nadie dijo nada.

—Bien —concluyó el gendarme—, creo que sólo nos queda volver a casa y estar alerta. Si hay algo ahí fuera, la próxima vez que se acerque estaremos esperándole. Y no escapará.

Este argumento pareció convencer a la mayoría. Incluso Rouquin asintió con un gruñido.

Uno tras otro, los hombres volvieron a sus quehaceres, de nuevo con las manos vacías.

Jerôme los vio desde la ventana de su habitación. Pasaba los días observando la calle, pensando. Y aunque disponía de unas muletas para poder desplazarse de un lado a otro, no solía salir de casa a menudo.

Generalmente, pensaba en Armand.

Se sentía culpable por haber arrastrado a sus amigos a una aventura que había resultado ser más peligrosa de que lo había supuesto en un principio, y quería arreglarlo de alguna forma. Porque, dijesen lo que di-

140

jesen los adultos, Jerôme sabía que algo moraba en el sótano de la mansión Grisard.

Jerôme echó una mirada a su pierna entablillada. «Va por ti, Armand», pensó. «Cuando pueda volver a andar, mataré a ese monstruo con mis propias manos. Te lo prometo.»

Las primeras estrellas que adornaban el crepúsculo fueron los únicos testigos del juramento de Jerôme Bonnard.

Capítulo doce

En los días siguientes, los granjeros llevaron a cabo más expediciones por los campos, los montes y las casas, con nulos resultados. Pese a ello, nadie se atrevía a salir de su casa después del anochecer, y las madres sufrían ataques de histeria si uno de sus hijos se retrasaba demasiado. Los que no poseían armas fueron a la ciudad para comprarlas, y de repente, todo el mundo quería tener un perro fiero a la puerta de su casa. No había noche en que Max no fuese despertado por una falsa alarma, y menos de la mitad eran causadas por la señora Lavoine.

Todo Beaufort vivía preso de una especie de histerismo colectivo.

«¿Y todo por qué?», se preguntaba Max a veces. «Por una vaca muerta, un chico inconsciente y otro con una pierna fracturada. El doctor Leblanc tenía razón: es el miedo lo que nos causa terror.»

Armand no tardó en levantarse de la cama, y nada en su actitud, alegre y optimista, hacía pensar que había pasado por un trance aterrador. Sólo cuando alguien le recordaba los sucesos de aquella noche, una sombra de miedo cruzaba sus ojos, pese a que seguía sin recordar absolutamente nada. Incluso el detalle de los ojos rojos parecía haberse borrado de su memoria.

Curiosamente, Jerôme Bonnard estaba más afectado que él. Ya caminaba, aunque con ayuda de una muleta, y volvía a reunirse con sus amigos en la plaza. Sin embargo, se había vuelto silencioso y reservado. Su actitud contrastaba con el buen humor de que hacía gala Armand.

Todo esto intrigaba a Max, pero tenía siempre mucho trabajo que hacer, y no encontraba ocasiones para charlar con los chicos.

Una tarde que volvía a casa atravesando las desiertas calles de Beaufort le llamó la atención una fornida figura que estaba de pie junto a la fuente de la plaza.

—Hola, Mijaíl —saludó—. ¿Qué haces aquí tan tarde?

El hombretón gruñó y echó un vistazo preocupado al cielo, que empezaba a oscurecerse. Después señaló el lugar donde se detenía la diligencia que venía de París todos los martes y los viernes. Aquel día era viernes.

—¿Estás esperando la diligencia?

Mijaíl asintió, y volvió a señalar el cielo.

—Ajá. Se retrasa. ¿Estás esperando a alguien? —Mijaíl volvió a asentir—. Pero ya es tarde, ¿no? No puedes dejar sola a Isabelle después de que oscurezca.

Mijaíl gimió, y Max comprendió su dilema.

—Si quieres, esperaré aquí por ti —se ofreció—. No creo que sea prudente acompañar a tu invitado hasta la mansión en plena noche, pero, en el caso de que llegue muy tarde, puedo guiarle hasta la posada.

Mijaíl pareció aliviado. Asintió enérgicamente y sonrió a Max, mostrando una hilera de dientes amarillos. Se despidió con un gesto y echó a andar calle arriba.

Max se sentó en el borde de la fuente. La diligencia pasaba por todas las poblaciones importantes de la comarca, y la mayor parte de las veces no se detenía en Beaufort, porque pocas personas viajaban hasta allí. Se preguntó a quién estaría esperando Mijaíl. ¿Volvería a Beaufort el doctor Delvaux?

Era noche cerrada cuando oyó el ruido de los cascos de los caballos. La diligencia se detuvo, y de ella salió un hombre de ropas gastadas, rostro curtido y mirada penetrante. Max se acercó a él.

—Buenas noches.

El hombre lo miró, como evaluándolo.

—Buenas noches —respondió, con un marcado acento extranjero, que Max identificó como inglés—. Llego con retraso. Busco a Mijaíl.

—Ha estado aquí esperándolo, pero ha tenido que marcharse. Vive en una casa a cierta distancia de Beaufort, y en estos días, no es seguro recorrer el camino después del anochecer.

El recién llegado asintió, como si esperara aquella respuesta.

—Mijaíl me ha pedido que lo acompañe a la posada. Mañana, si lo desea, lo llevaré hasta la mansión Grisard, señor…

144

—Dagenham.

—Dagenham —repitió Max y frunció el entrece-jo: aquel nombre le resultaba familiar—. Mi nombre es Maximilien Grillet.

El extranjero estrechó la mano que Max le tendía. Su propia mano era dura y morena, y se movía con firmeza y seguridad.

—Bien —dijo Dagenham finalmente, atravesándolo con la mirada—, si ellos están de acuerdo, acudiré a visitarlos por la mañana.

Max asintió y lo acompañó hasta la posada, donde una muy interesada Brigitte le hizo toda una sarta de preguntas que el extranjero declinó responder. Max se volvió hacia él para despedirse.

—Pasaré a buscarlo por la mañana, señor, y lo guiaré hasta su destino.

—Se lo agradeceré, señor Grillet, porque me dijeron que era urgente. Mañana…

El señor Dagenham no llegó a terminar la frase. La señora Bonnard irrumpió como una exhalación en el recibidor de la posada, se volvió hacia Max y exclamó, dramáticamente:

—¡Señor Grillet, mi hijo ha desaparecido!

Max se volvió hacia el señor Dagenham, que había fruncido el ceño, y hacia Brigitte, que miraba a la señora Bonnard con los ojos muy abiertos.

—¿Jerôme? —dijo—. ¿Jerôme se ha ido?

—¡Señor Grillet, él sabe que debe estar en casa al anochecer, y no ha aparecido aún!

—Cálmese, señora Bonnard. Se habrá entreteni-do…

Pero entonces recordó algo con espantosa claridad.

Mijaíl había estado toda la tarde en la plaza, una plaza que Jerôme podía ver desde su ventana. El muchacho sabía, por tanto, que el criado de Isabelle no estaba en la mansión Grisard.

—Maldita sea —murmuró—. Ha vuelto allí. Discúlpenme —les dijo al señor Dagenham y a la asombrada Brigitte—, he de marcharme.

Salió corriendo de la posada, seguido de la señora Bonnard.

—Voy a buscar mi arma, señora. Dígale a su marido que se reúna conmigo en mi despacho.

Poco después, él y el señor Bonnard recorrían en silencio las calles de Beaufort. El padre de Jerôme no dijo nada cuando Max lo guió, sin dudar, por el camino que llevaba a la mansión Grisard. Max no creía que hubiese nada peligroso en el sótano de Isabelle, pero Armand había visto algo de camino a su casa, y era ese camino el que Max sospechaba que había emprendido el muchacho, solo, de noche y con muletas.

Llevaban un buen rato caminando bajo las estrellas cuando, de pronto, Bonnard lo sujetó del brazo.

—¡Mire, Grillet! —susurró—. ¿Qué es eso?

Max alzó el farol y preparó su pistola. Una forma oscura, robusta y encorvada avanzaba hacia ellos.

—¿Quién va? —preguntó Bonnard.

No hubo respuesta. La figura se retiró a las sombras.

—¡Se escapa, señor Grillet! ¡Corra!

Max echó a correr tras la sombra que se arrastraba por el camino. Estuvo a punto de tropezar con

Bonnard, que se había detenido y alzaba el farol, desconcertado.

—¿Dónde se ha metido?

Max miró a su alrededor. El corazón le latía con fuerza. No podía evitar preguntarse si se hallaban ante el monstruo que había aterrorizado Beaufort en los últimos tiempos, y le preocupaba el hecho de que se tratara de una figura que parecía humana. Por un lado, eso explicaría que no hubiesen encontrado huellas, ya que en todo momento habían dado por hecho que se trataba de un animal, y no habían prestado atención a las pisadas humanas. Pero, por otro lado, recordaba las palabras de Armand sobre los ojos que lo habían mirado desde las entrañas del terror: «Parecían humanos, pero no lo eran».

Bonnard se había aproximado al borde del camino y examinaba el terreno con el farol en alto. Max se preguntó, inquieto, si dos hombres armados podrían reducir a aquello que los acechaba desde la oscuridad, fuera lo que fuese.

Se volvió para escudriñar las sombras del otro lado del camino. El silencio y la oscuridad eran malos compañeros. Max se sentía cada vez más inquieto.

—¡Sea quien sea, salga a la luz! —exclamó, sobresaltando a Bonnard.

—¡Jerôme! —llamó éste—. ¡Jerôme! ¿Estás ahí?

De pronto, Max oyó un crujido a su espalda, y se volvió alzando el farol en alto. Bonnard hizo lo propio, como movido por un resorte.

Los dos haces de luz iluminaron una escena aterradora: los enormes brazos de Mijaíl, sorprendido

148

mientras trataba de deslizarse tras ellos sin ser visto, sostenían a un muchacho, espantosamente pálido e inerte. La cabeza del chico colgaba hacia un lado, mostrando en su cuello dos marcas redondas, gemelas, ensangrentadas.

—¡¡Jerôme!! —aulló Bonnard, loco de rabia y dolor.

Alzó la escopeta y apuntó a Mijaíl. Éste, sin embargo, no pareció asustarse. Gruñó por lo bajo y sus ojos destellaron a la luz de las lámparas, y los dos hombres retrocedieron un paso, instintivamente. Entonces Mijaíl, aun llevando en brazos el cuerpo de Jerôme, se precipitó hacia ellos, cogiéndolos por sorpresa. Max y Bonnard perdieron el equilibrio y cayeron al suelo. El padre de Jerôme se levantó de un salto y disparó contra la figura fugitiva de Mijaíl, que había abandonado el camino y se perdía entre los árboles. Max detuvo su mano.

—¡Espere!

—¿Qué hace? —aulló Bonnard, loco de dolor—. ¡Ese bastardo ha matado a mi hijo!

—Jerôme estaba vivo, señor Bonnard, he visto cómo respiraba. Si dispara contra Mijaíl, puede herirlo a él también.

Bonnard vaciló, pero bajó la escopeta.

—Maldito… bastardo —jadeó, todavía con lágrimas en los ojos—. Mi hijo tenía razón. De noche se escondía en la mansión Grisard. De día se paseaba por nuestro pueblo, ante nuestros ojos. Pero, ¿sabe lo que le digo, señor Grillet? Esta vez no escapará.

Dio media vuelta y echó a correr camino abajo, hacia Beaufort.

—¡Benoît! ¿Adónde va usted?

—¡Al pueblo! —le llegó la voz de Bonnard—. ¡Voy a despertar a todo Beaufort, y saldremos a cazar a ese maldito depravado!

Max se quedó quieto en el camino, algo desconcertado. Sentía que había algo que se le escapaba, algo que no encajaba en toda aquella historia. Una parte de él gritaba que debía correr tras Bonnard, pero otra le decía que debía pararse a pensar y tratar de deducir adónde llevaba Mijaíl el cuerpo del joven Jerôme. Iba en dirección al pueblo cuando se habían cruzado con él. ¿Adónde lo llevaba? ¿Al médico, tal vez? De no ser así… ¿Qué andaba buscando en Beaufort?

Recordó de pronto al hombre que Mijaíl había estado esperando por la tarde. Había dicho que lo necesitaban con urgencia. Y su nombre…

Súbitamente, le vino a la memoria de qué le sonaba aquel nombre.

Dagenham.

Martin Dagenham.

Lo había visto escrito en la cubierta del libro que estaba sobre la mesa del sótano de Isabelle. Y el libro se titulaba *Hijos de la noche.*

De pronto, Max tuvo una repentina inspiración, y supo exactamente adónde tenía que ir. No era una idea racional, sino más bien un presentimiento, pero se dejó llevar por ella, y echó a correr en dirección a Beaufort, rogando que no fuera demasiado tarde para Jerôme Bonnard.

Llegó a la posada sin aliento y sacó a Brigitte de la cama tirando insistentemente de la campanilla.

—¡Señor Grillet! —dijo ella—. ¿Se puede saber qué...?

—¿Dónde está el señor Dagenham? —preguntó él, impaciente.

—¿El inglés? ¡Pero, señor Grillet, si se fue con ustedes!

—¿Con...?

—Con usted y con el señor Bonnard. La señora Bonnard y yo vimos cómo salía de aquí tras usted. ¡No me diga que no llegó a alcanzarlos!

Max abrió la boca para decir algo, pero no le salieron las palabras. No lo comprendía. Bonnard y él no habían caminado tan rápido como para que Dagenham no lograse alcanzarlos. Deberían haberse topado con él.

—¿Ha venido aquí Mijaíl, Brigitte?

—No, señor Grillet. Pero, por Dios, dígame qué está sucediendo.

Max la miró, pero no fue capaz de decir nada. Esperaba que Dagenham pudiera darle algunas respuestas, pero se había marchado, y Max no sabía qué se suponía que debía hacer él.

Decidió entonces que se uniría a Bonnard y los demás, y no importaba si tenían razón o no. Había que salvar a Jerôme a toda costa.

Se despidió de Brigitte y se alejó de la posada apresuradamente. Mientras corría por las calles, una voz lo detuvo:

—¡Max! ¿Qué está sucediendo? ¡Ha pasado gente armada haciendo mucho ruido!

Max se detuvo y alzó la mirada hacia el balcón de

151

una de las casas. Asomada a él, se hallaba la señorita Dubois, con un chal sobre los hombros, una redecilla en el pelo y una cierta expresión perpleja que no era habitual en ella.

—Van a la mansión Grisard. Jerôme ha sido atacado y Mijaíl estaba con él.

La señorita Dubois ahogó una exclamación.

—¡Mijaíl! ¡Pero… no puede ser!

—Yo mismo lo vi sosteniendo el cuerpo del muchacho, señorita Dubois.

—¿Y tú qué vas a hacer?

—Voy con ellos.

La anciana lo miró con gravedad.

—De eso nada, Max —dijo, con un tono que no admitía réplica—. Pasa y hablaremos.

Max quiso negarse, pero no dijo nada. Como un autómata, obedeció.

Momentos después se hallaba sentado frente a la señorita Dubois, que había preparado dos tazas de té, y sentía que su mundo estaba derrumbándose. Sabía que, en aquellos mismos instantes, Benoît Bonnard estaba poniendo en pie a todos los hombres fuertes de Beaufort. Sabía que no tardarían en cercar la casa de Isabelle, y sabía que rodarían cabezas.

Y no podía evitar preguntarse si con ello salvarían la vida de Jerôme.

Aquella situación le parecía absurda. Todo el pueblo se estaba levantando en armas y él estaba allí, tomando el té con una anciana. Se odió a sí mismo por ello. No podía culpar a Bonnard. Al fin y al cabo, él no se había quedado lamentándose ante una taza de té

152

mientras la vida de Jerôme corría peligro. Max no sabía qué hacer. Y el tiempo corría en su contra.

—Se me ha ido de las manos, señorita Dubois. No tardarán en reunirse todos, y entonces irán a la mansión Grisard y la arrasarán, y es muy probable que alguien salga herido, o algo peor. Isabelle, Mijaíl, ese señor Dagenham... Sobre todo Mijaíl. Lo matarán. Es la justicia campesina. Creen que él ha atacado a Jerôme, y si el muchacho muere...

—¿Y tú qué crees, Max?

—Yo no sé qué pensar. Creía que conocía a Mijaíl, pero yo mismo lo he visto esta noche con Jerôme, y no fue agradable. Si usted lo hubiese visto, señorita Dubois..., parecía un animal.

—Max...

—Mire, no sé quién tiene la culpa, pero yo quería evitar que hubiese un baño de sangre. Y me temo que no lo he logrado. He pecado de excesiva pasividad. Ojalá fuese un hombre de acción, como Bronac. Él... —se calló de repente, recordando algo—. ¡Cómo he podido ser tan estúpido! —exclamó, sobresaltando a la señorita Dubois.

Ella dio un respingo, pero se rehízo inmediatamente.

—¡Max, compórtate! —lo riñó—. ¿A qué viene eso de gritar en mi casa a estas horas?

El gendarme rebuscaba frenéticamente en sus bolsillos. Finalmente sacó de uno de ellos un sobre arrugado.

—¡La carta de Bronac! —anunció—. Llegó hace unos días, pero no la leí porque...

—Ahórrate las explicaciones —cortó la señorita

Dubois secamente—. ¿Cómo vas a salvar la vida de Jerôme con eso?

Max no la escuchaba. Abrió la carta con dedos temblorosos, rogando que hubiese algo en ella que le aportase alguna pista.

El detective decía:

Estimado señor Grillet:
Le escribo desde un pequeño pueblo polaco, adonde he llegado en mi camino hacia San Petersburgo.

«¡San Petersburgo!», Max se permitió un momento de alarma al pensar en la enorme suma que debería pagar a Bronac si había llegado hasta allí tras la pista de Isabelle. Siguió leyendo:

No estuve mucho tiempo en Frankfurt, porque resultó que Philippe de Latour no había fallecido allí. Parece ser que la señorita Isabelle se reunió con él tiempo después de su partida de Francia, lo cual fue una agradable sorpresa para el desventurado joven, que ignoraba que ella hubiese abandonado Beaufort para ir en su busca. Por lo visto, la pareja vivió en Frankfurt un feliz y apasionado idilio, lejos de la oposición de la familia de él. Pero llegó a oídos del marqués la noticia de que su hijo seguía viéndose con la lavandera, y le ordenó partir hacia la corte de San Petersburgo, pues conocía a un primo del zar que se encargaría de situarlo allí. El marqués envió a un hombre de confianza para asegurarse de que el joven partía solo, pero, por lo que he averiguado, Philippe e

Isabelle acordaron que ella se reuniría con él más tarde. Él debía de confiar mucho en ella, puesto que le dejó una importante suma de dinero para que pudiese emprender el viaje sin sobresaltos.

He seguido la ruta que tomaron, primero uno y luego el otro, en su camino hacia la corte del zar. Este pueblo no era más que una escala en mi viaje, y no tenía previsto enviarle noticias hasta llegar a San Petersburgo, pero he encontrado aquí algo que ha alterado mis planes.

En este lugar olvidado del mundo falleció Philippe de Latour. El joven hijo del marqués, por tanto, nunca llegó a San Petersburgo.

La historia que cuentan los lugareños (y creo que he encontrado un intérprete fiable) es manifiestamente absurda, pero se la referiré de todos modos. Dicen que por aquí habita un demonio que se alimenta de la sangre de los hombres, y que fue él quien mató a Philippe de Latour. Cuentan que, días más tarde, llegó una señorita que se atrevió a enfrentarse a aquel demonio. Regresó viva, pero muy cambiada, y emprendió el viaje de vuelta a París, llevándose consigo el cuerpo de su amado para sepultarlo en el panteón familiar. La acompañaba un campesino de la región. Los lugareños se apartaban a su paso porque decían que habían regresado de la muerte y estaban malditos.

Lamento decir que esto es todo cuanto he podido averiguar: estúpidas leyendas y burdas supersticiones que sólo la gente ignorante podría creer. Si le interesa mi opinión, yo diría que fue Isabelle quien mató

155

a Latour porque ellos dos se habían casado en secre-
to, y de esta manera su hijo heredaría la fortuna del
único hijo del marqués de Latour, junto con su título
y sus posesiones. No dejo de preguntarme si el mar-
qués habrá creído toda esa necia historia de demo-
nios y maldiciones, y si Isabelle no se aprovecharía
de su ancianidad y creciente deterioro mental para lo-
grar que él la incluyese en su testamento.

Por mi parte, nada más me queda por hacer aquí.
Regreso a París; a mi vuelta, espero poder entrevis-
tarme con usted para sacar conclusiones y hablar
de mis honorarios, cuyo cálculo aproximado está de-
tallado en la hoja adjunta.

Atentamente,
Jules Bronac

P.S.: El tiempo aquí es espantoso.

Max no llegó a leer la hoja de los honorarios de Bronac. Se levantó de un salto, presa de un gran nerviosismo.

—¡Aquí está, señorita Dubois, la relación entre Isabelle y el monstruo chupasangre!

La anciana no comentó nada. Terminó de leer la carta, y luego dijo, consternada:

—Ese condenado detective. «...Estúpidas leyendas y burdas supersticiones que sólo la gente ignorante podría creer», dice. ¿Por qué no será más explícito? Toda esa historia del demonio me parece muy confusa. Quiero decir que ningún demonio se molestaría en seguir a una muchacha por media Europa hasta un pequeño pueblo francés, ¿verdad? Creo que el señor Bronac ha malinterpretado algunos hechos.

Max la escuchaba a medias. Estaba releyendo la carta de Bronac. Había en su mente un presentimiento que pugnaba por tomar forma y salir al exterior.

—Por ejemplo —estaba diciendo la señorita Dubois—, esa tontería del niño. Está claro que Isabelle no tiene ningún hijo. ¿Dónde iba a esconderlo, eh? ¿En su pequeño sótano?

Max alzó la cabeza, tocado por una súbita revelación.

—No, no puede ser —murmuró, muy pálido—. Claro que… todo coincide…, aunque sea descabellado…

—Max, ¿qué dices? Me estás asustando.

—Es… absurdo… pero… ¡maldita sea, podría ser verdad! El demonio que se alimenta de sangre humana… y los malditos… y Latour… y el autor de *Hijos de la noche*… ¡y el sótano… pequeño! —añadió, triunfalmente.

Se levantó de un salto.

—Señorita Dubois —le dijo muy serio—, debo ir inmediatamente a la mansión Grisard. Debo llegar antes de que lo hagan ellos.

—Pero, Max…

—La vida de esas personas depende de ello, señorita Dubois.

Ella lo miró un momento. Después asintió con seriedad.

—En el establo tengo un caballo. Lo usa el mozo para el carro cuando va a la ciudad, pero es un buen

157

animal, fuerte y rápido. Si atajas por el camino del Este, llegarás antes que ellos. ¿Los oyes? Todavía están en la plaza, esperando a los últimos rezagados.

—Gracias, señorita Dubois…, Sophie. Nunca olvidaré lo que ha hecho por mí.

Le estampó un beso en la frente y salió a toda prisa de la casa, hacia el establo. La señorita Dubois abrió la boca, pero no llegó a decir nada. Por primera vez en su vida, un hombre había logrado dejarla sin palabras.

Momentos más tarde, Max salía de la calle como una exhalación, montado en el caballo que le había prestado la señorita Dubois. No llevaba ninguna luz y no conocía bien el camino del Este, que no era más que una senda de pastores, pero esperaba poder orientarse a la luz de las estrellas, y llegar a su destino antes de que fuese demasiado tarde. Emprendió una loca carrera a través de los campos, y sólo se detuvo una vez cuando vio a lo lejos una hilera de antorchas que salía del pueblo y enfilaba por el camino principal. «Ya se han puesto en marcha. No tengo mucho tiempo», pensó.

Sabía que no lograría detener a una horda de campesinos furiosos, pero esperaba poder llegar a tiempo de poner a salvo a los habitantes de la mansión Grisard. La sospecha que latía en su interior iba creciendo con cada minuto que pasaba, y ello acentuaba paralelamente su admiración por Isabelle. Si era cierto lo que pensaba acerca de lo que había sucedido en Polonia, aquella joven había demostrado mucho valor y un gran espíritu de sacrificio. Si era cierto…

Max clavó los talones en los flancos del caballo y ambos se perdieron en la oscuridad.

Llegó por fin a la mansión Grisard y no le sorprendió ver que había varias luces encendidas. Desmontó rápidamente y llamó a la puerta.

Nadie contestó.

—¡Isabelle, abra! ¡Sé que está usted ahí!

No hubo respuesta.

—¡Isabelle! ¡Vienen a por usted! ¡Abra la puerta o será demasiado tarde!

Oyó un ruido al otro lado, y supo que ella estaba allí, escuchando tras la puerta.

—Isabelle, quiero ayudarla. ¡Déjeme hablar con usted, déjeme hablar con Dagenham! —hizo una pausa y añadió, con otro tono de voz—: ¡Déjeme verle!

Finalmente, la puerta se abrió, y el rostro asustado de Isabelle apareció tras ella.

—Max, váyase —susurró Isabelle—. Jerôme está en buenas manos.

—Por desgracia, hay muchas personas en Beaufort que no opinan lo mismo, Isabelle. Vienen hacia aquí. Están dispuestos a hacérselo pagar.

—Ya lo sé, Max, pero eso ahora no es importante. Debemos ocuparnos de Jerôme, él…

—¿Dónde está? —cortó Max bruscamente, cogiendo a Isabelle por los hombros con cierta rudeza; ella lanzó una exclamación ahogada—. Dígame dónde está, Isabelle.

—En… en mi habitación. El señor Dagenham está con él y…

Pero Max negó con la cabeza.

—No estoy hablando de Jerôme, Isabelle. Le estoy preguntando por Philippe de Latour. Sé que está aquí.

159

Isabelle lo miró un momento, confusa, y después se desmayó.

Capítulo trece

La criatura estaba inquieta y alerta. Sentía que estaba sucediendo algo fuera de lo corriente, y eso le ponía nervioso. Oía voces, muchas voces, y sentía olores nuevos y desconocidos que avivaban su sed. Caminó hacia la pared de donde provenían las voces, moviéndose con total soltura a través de la completa oscuridad de su sótano. Las voces se aproximaban, y con ellas, el olor; pero la criatura había bebido ya aquella noche, y de momento había aplacado su sed. Por ello la prudencia se antepuso a la necesidad, y retrocedió hasta un rincón oscuro. Sabía que alguien entraría y con él llegaría la luz. Y aquella criatura de la noche odiaba y temía la luz.

Esperó. La pared entera se desplazó hacia un lado, pero eso no lo sorprendió, porque no era la primera vez que sucedía.

Entraron personas, personas que traían luz. El ser que se escondía en las sombras percibió su olor, un olor nuevo, y pese a haber bebido recientemente, la sed volvió, insaciable, urgente y apremiante.

Con un chillido, la criatura se lanzó contra la persona que estaba más cerca de él, pero de pronto oyó una voz que conocía, una voz que, de alguna manera, ejercía una extraña influencia sobre él.

Era la voz de ella. La criatura vaciló y se volvió para mirarla, y entonces otra persona, grande y fuerte, a quien también conocía, lo sujetó y lo apartó de su presa. El ser del sótano chilló de rabia. Su captor le puso algo húmedo en la cara, y la criatura sintió un olor fuerte, pegajoso y dulzón, que no le era desconocido. Por eso sabía lo que sucedería después, y volvió la cabeza para mirar el rostro de ella, un rostro que le traía a la mente recuerdos de días pasados y le hacía olvidar la sed que sentía.

Sin apartar la mirada de los ojos de ella, la criatura se sumió en la oscuridad.

—Virgen santísima —dijo Max, todavía con el corazón desbocado—. ¿Es... Philippe de Latour?

Isabelle se había arrodillado junto a la figura que yacía, desmadejada e inconsciente, en el suelo del sótano, lo había abrazado y lo acunaba con infinito cariño. Aquel ser que una vez había sido el hijo del marqués de Latour era ahora una extraña mezcla entre bestia, demonio y ser humano. Su rostro estaba pálido como el mármol, y sus incisivos eran anormalmente largos y brillaban bajo la luz del candil. Su cuerpo, encogido sobre sí mismo, estaba cubierto por ropas que no hacía mucho habían sido nuevas, pero que, probablemente, él mismo había destrozado a base de mordiscos y arañazos. Sus manos parecían garras más que extremidades humanas.

Pero Isabelle le acariciaba el cabello largo, sucio y lacio, con tanta ternura que el horror dejó paso a la compasión en el corazón de Max Grillet.

—Es un vampiro —dijo Dagenham en voz baja—. Se alimenta de la sangre de otros seres vivos, preferentemente humanos.

Max se estremeció.

—No murió en Polonia, ¿verdad? —murmuró—. Lo trajeron en aquel ataúd, drogado.

—Otro vampiro lo mordió. Así se transmite la enfermedad. Ahora es uno de ellos: necesita beber sangre, el ajo lo repele, la luz del sol es mortal para él... Pero ella lo ha mantenido con vida todo este tiempo.

—Yo no quería que hiciese daño a nadie —murmuró Isabelle—. ¡Lo estaba curando! Cuando se escapó la primera vez no atacó a ningún ser humano...

—No, mató a una res —reconoció Max—. Y fue el marqués de Latour quien envió a Morillon el dinero por giro postal para compensar la pérdida de la vaca, ¿no es así?

Isabelle asintió.

—Yo traje a Philippe de vuelta a París cuando todos lo daban por muerto. Cuando su padre lo vio... dijo que mejor que estuviese muerto.

—Pero fue él quien financió la compra de la mansión, ¿verdad?

—Le dije que podría curarlo, y que necesitaba un lugar tranquilo y apartado. Hice progresos, ¿sabe, Max? Logré calmar su sed. Logré incluso que hablase otra vez como un ser humano. Y el marqués me dijo que me daría todo lo que pidiese si lograba devolverle a su hijo.

—Usted ha dicho que necesitaba un lugar tranquilo y apartado, ¿no? Pero, ¿por qué eligió Beaufort?

—Porque aquí ya tenía mala fama, y supuse que la gente no querría acercarse por mi casa. De cualquier modo, me convenía tenerlos alejados.

—Y construyó usted este falso sótano... —añadió Max, mirando a su alrededor—. Jerôme lo sospechaba, pero yo he tardado en darme cuenta de que el sótano que nos enseñaba era demasiado pequeño para pertenecer a una casa tan grande. La parte del sótano donde escondía a Philippe quedaba oculta tras esta pared corredera..., muy ingenioso. Fue esto lo que hicieron los trabajadores que se trajo de París, ¿verdad? Cuando veníamos a ver la casa, usted nos entretenía en la puerta el tiempo suficiente para que Mijaíl drogase a Philippe y asegurase la pared corredera. De ese modo nadie sospechaba que había alguien más aquí.

Isabelle suspiró. Philippe se agitó en sueños. La joven acarició el rostro del vampiro, cubrió su cuerpo con una manta y se levantó.

—Subamos a ver cómo está Jerôme —dijo con decisión.

Hallaron al muchacho tendido en la cama de Isabelle. Estaba inconsciente, pero parecía sumido en un sueño tranquilo. Las heridas de su cuello estaban ocultas bajo un pulcro vendaje, en el cual, sin embargo, eran claramente visibles dos pequeñas manchas de sangre. Dagenham se sentó junto a él y le tomó el pulso.

—El remedio parece estar haciendo efecto —dijo

165

al cabo de unos momentos—. Con un poco de suerte, la mordedura no le dejará secuelas.

—Lo detuvimos a tiempo —susurró Isabelle—. ¡Qué loco! Abrió la puerta de la cámara de Philippe, y él llevaba días sin beber. Por fortuna, el señor Dagenham ya estaba en Beaufort.

—Cuando nos encontramos con Mijaíl en el camino, iba a buscarlo, ¿verdad? Llevaba a Jerôme a la pensión, para que lo viese Dagenham.

—Pero yo lo encontré antes a él —dijo Dagenham—. Al oír en la posada que aquel muchacho se había perdido, temí lo peor, y los seguí a ustedes a cierta distancia. Oí disparos y me acerqué. Me encontré con Mijaíl, que llevaba en brazos al chico, y entendí lo que había pasado sin necesidad de palabras.

—El señor Dagenham es un aventurero —explicó Isabelle—. Ha explorado los rincones más oscuros e ignotos del planeta. Y ha encontrado otros vampiros.

—¿Otros vampiros… como Philippe?

Dagemham no respondió enseguida. Rebuscaba en sus bolsillos en busca de tabaco para su pipa. Finalmente logró encenderla, y dio unas cuantas chupadas.

—Los hay de muchas clases, amigo —respondió por fin—. Los más comunes son los que yo llamo «salvajes», que viven en espacios rurales porque temen al ser humano, que a su vez es su alimento, ¿comprende? Después de ser mordidos, se comportan como animales y matan por necesidad. Son completamente incapaces de razonar como un ser humano. La sed los vuelve locos.

166

—¿La... sed?

—Ellos necesitan beber sangre para seguir vivos. Es lo único que entienden. Es el único impulso que los guía. La conciencia racional del señor Latour fue ahogada por la sed hace ya tiempo...

—¡No! —exclamó Isabelle, alzando la cabeza y mirándolos desafiante—. Yo sé que Philippe puede volver con nosotros. Sé que me escucha. Y usted lo sabe también, señor Dagenham. Lo leí en su libro. Usted afirma que el vampirismo puede ser curado.

Dagenham la miró un momento y luego suspiró.

—En las estribaciones del Himalaya hallé una planta cuyas raíces son utilizadas por los monjes tibetanos para curar a las víctimas de los vampiros. He empleado con Jerôme unas gotas de extracto de dichas raíces, y tengo la esperanza de que se recuperará sin consecuencias. Pero el señor Latour lleva ya mucho tiempo alimentándose de sangre... No puedo malgastar mi precioso suero con criaturas como él, cuando hay otros que pueden ser salvados.

—¡Pero no es un asesino, señor Dagenham! —lo defendió Isabelle, desesperada—. Yo he mantenido despierta su parte humana.

—Señorita, en su carta decía que hace ya tres años que el señor Latour se halla en tan lamentable estado. Ha atacado al señor Grillet en el sótano. ¿Cómo pretende que crea que sigue siendo humano?

—Si no lo cree, ¿por qué ha venido? —intervino Max.

—Para cumplir con mi deber: para salvar a sus víctimas y acabar con el vampiro.

167

Isabelle ahogó una exclamación.

—¿Y se atreve usted a entrar en mi casa con semejantes intenciones? ¡Usted… me ha engañado! ¡Es otro Delvaux!

—¡Delvaux! —repitió Max—. Él no vino a verla a usted, ¡vino a ver a Philippe!

—Convenció al señor Latour de que podría curarlo, pero tenía de médico tanto como yo de duquesa. Decía que Philippe estaba poseído por el demonio, y pretendía exorcizarle.

—¿Quiere decir usted que era un sacerdote?

—Eso dijo. Se hizo pasar por médico para que yo lo dejase entrar en mi casa, pero lo dejé a solas con Phlippe y salió huyendo.

—Pues no andaba muy desencaminado, señorita —dijo Dagenham—. Algunos vampiros son sin duda demonios, o hijos del demonio. Otros regresan de sus tumbas y son una especie de nomuertos que se alimentan de vidas ajenas. Algunos son inmortales. Algunos otros poseen una inteligencia y una crueldad más allá de la razón humana.

Hizo una pausa y luego añadió, con una risa seca:

—Recuérdeme algún día que le cuente lo que encontré en Transilvania.

—Pero Philippe no es así —dijo ella en voz baja.

—No. Afortunadamente para todos nosotros, es un vampiro salvaje que actúa por instinto y por necesidad, y no por odio y crueldad. Pero ha atacado a gente, ¿no es verdad?

—Cuando esos chicos vinieron a mi casa —rememoró Isabelle—, yo estaba sola con Philippe, señor

Dagenham. Había enviado a Mijaíl a ver a su contacto en París para entregarle una carta mía, en la que le pedía que viniese a ver a Philippe.

Dagenham asintió.

—Ellos querían entrar en el sótano —prosiguió Isabelle—, y llamaron a la puerta para distraerme. Pensé que era Mijaíl. Salí del sótano, pero no cerré bien la falsa pared. Cuando ellos huyeron de mi casa, Philippe fue tras ellos y alcanzó a Armand en el camino. Gracias a Dios, Mijaíl también estaba allí. Regresaba a casa en ese mismo momento y pudo impedir que Philippe atacara a Armand, que estaba paralizado de puro terror.

—Y después, Mijaíl llevó al chico a cuestas hasta la puerta de su casa y lo dejó allí… —dedujo Max, recordando las palabras de Armand acerca del «suelo que se movía»—. Supongo que no quería que lo viera nadie. Habrían pensado…, exactamente lo que pensamos Bonnard y yo cuando lo vimos con Jerôme en brazos.

—¿Lo ve? —dijo Dagenham—. Lo que ha hecho usted es loable, señorita Isabelle, pero ese ser es peligroso para todos. Por Dios, mírese al espejo. Todo esto la está destrozando. Está viviendo como una criatura nocturna, igual que él.

Isabelle reprimió un suave suspiro.

—Y seguiré haciéndolo el tiempo que haga falta, señor Dagenham. Si es necesario…, seré una hija de la noche, como Philippe, el resto de mi vida.

Dagenham negó con la cabeza, preocupado.

—Usted no sabe lo que dice, muchacha. Usted no

169

es una de ellos, es humana, como yo, como el señor Grillet, como este muchacho al que su amado, un verdadero vampiro, acaba de morder. Y lo que usted necesita es alejarse de aquí, empezar una nueva vida, salir de casa, tomar el sol, encontrar un hombre que pueda cuidarla… ¿De verdad está dispuesta a vivir de noche el resto de sus días..., atendiendo las sangrientas necesidades de un vampiro?

Pareció que Isabelle iba a derrumbarse, y Max intuyó los terribles sacrificios que había tenido que hacer para mantener con vida a Philippe de Latour. Una terrible sospecha nació en su interior cuando recordó las muñecas vendadas de Isabelle. «No puede ser. ¿Tan lejos ha llegado?», pensó.

—Isabelle —dijo, temblando—, ¿de qué se alimenta exactamente Philippe?

Ella lo miró, sonriendo amargamente.

—¿No lo ha adivinado todavía? Se alimenta de mi sangre, señor Grillet.

—Pero no la ha mordido, ¿verdad? —dijo Dagenham, mirándola fijamente.

Ella sostuvo su mirada sin pestañear, alzó una mano y se remangó el vestido para que Dagenham viese su muñeca vendada. Ni siquiera el duro aventurero pudo reprimir un estremecimiento.

—¿Por qué… por qué usted? —pudo decir Max—. Mijaíl es un hombre fuerte. Él…

—No. Estoy tratando de enseñar a Philippe que no debe tomar nada que no le den. Se está acostumbrando a ello, Max. Es la única manera de que no mate a nadie. Además… —vaciló un momento—. No me pa-

170

recería justo. Philippe fue la causa de que Mijaíl perdiese el habla. Él era mi guía cuando decidí explorar aquel bosque polaco en busca de Philippe, a pesar de que los aldeanos me dijeron que eso sería nuestra perdición. No quise escucharlos. Philippe saltó sobre nosotros y nos sorprendió; por fortuna, reconoció mi voz cuando le ordené que se detuviese. Pero Mijaíl había estado tan cerca de la muerte que dejó de hablar desde ese mismo instante, y su cabello se volvió completamente blanco. Cuando volvimos al pueblo, todos creyeron que Mijaíl estaba maldito. Lo echaron de sus casas y de sus vidas. Vino con nosotros a Francia, y me ha ayudado desde entonces a controlar a Philippe, que ahora es mucho más fuerte…

Max miró de reojo a Mijaíl, que estaba de pie junto a Isabelle, con el rostro impasible.

—¿Y por qué le sirve tan fielmente? Quiero decir, Philippe intentó matarlo…

—Déjeme adivinarlo —dijo Dagenham, chupando el extremo de su pipa—. Usted le salvó la vida haciendo algo más que ordenar al vampiro que se detuviera, ¿no es cierto?

Isabelle vaciló.

—Yo comprendí enseguida lo que Philippe necesitaba. Yo traía un puñal conmigo y le dejé beber de mi sangre. De esa manera lo calmé. Creo que Mijaíl nunca ha olvidado lo que hice entonces por él…

—No permitió que Philippe la mordiera, por suerte —comentó Dagenham—. ¿Cómo lo supo?

—Por lo que decían los campesinos. La mordedura del diablo. El beso de la muerte. No supe más detalles acerca de los vampiros hasta más tarde, pero ellos me dijeron todo lo que necesitaba saber en ese momento: Philippe se alimentaba de sangre, y la luz del sol era letal para él. Fue entonces cuando supe que, si él debía ocultarse del sol, también yo viviría de noche hasta que lograra curar el mal que lo aquejaba. Desde entonces intento calmar su sed para que no se vuelva loco. No puedo hacerlo todas las noches, por supuesto, porque eso me mataría, y necesito mantenerme con vida para cuidar de él.

Dagenham la miró fijamente.

—No está usted bien de la cabeza, niña. Se está sacrificando demasiado por algo que ni siquiera es humano. ¿Ha mirado bien a la criatura que esconde en su sótano?

La indomable joven alzó la cabeza y clavó una mirada centelleante en Dagenham.

—¿Quiere usted pruebas de lo que digo? Las tendrá. Acompáñenme abajo.

Volvieron a bajar, e Isabelle corrió la falsa pared. Al fondo vieron la sombra de lo que había sido Philippe de Latour. Parecía que ya estaba despertando. Cuando Max alzó el candil, el vampiro gruñó, enseñando los colmillos y tapándose los ojos con la mano.

—Philippe, soy yo —dijo Isabelle.

La criatura seguía mirando a los hombres con desconfianza. Isabelle suspiró.

—Ha probado la sangre de Jerôme, y eso lo ha vuelto más salvaje. Por suerte para el muchacho, llegamos a tiempo de impedir que bebiera demasiada. Pero sigue teniendo sed.

172

Tendió la mano hacia Mijaíl y éste depositó en ella un cuenco y un cuchillo. Max intuía lo que Isabelle quería hacer.

—¡Isabelle, no!

Se precipitó hacia ella, pero Mijaíl le impidió acercarse.

—Déjela —dijo Dagenham—. Lleva años haciéndolo, y yo quiero ver si es cierto que su sangre es capaz de hacer más humano a este vampiro. Si es así, con un poco de suerte, ella no tendrá que hacer esto nunca más.

La joven se había retirado las vendas de las muñecas, marcadas por profundas y horribles cicatrices. Max apretó los puños, pero Isabelle no vaciló. Aplicó la hoja del puñal a la muñeca izquierda, y la deslizó suavemente, casi con mimo. El corte fue rápido; enseguida, un torrente de sangre manó sobre la piel de la joven, cayendo en el cuenco.

—Por Dios bendito —susurró Dagenham—. Si no lo veo, no lo creo. O este vampiro está muy drogado, o comprende perfectamente el sacrificio de ella.

—¿Por qué… dice eso? —pudo preguntar Max.

—Cualquier otro vampiro salvaje se habría vuelto loco y se habría abalanzado sobre la herida sangrante.

Max miró a Philippe. El vampiro estaba acurrucado contra la pared, y su aspecto era tan siniestro que daba escalofríos. Pero no se movía. Miraba a Isabelle fijamente, esperando.

La joven se sentó en el suelo, exhausta. Mijaíl se arrodilló junto a ella, y con extrema delicadeza, se apli-

173

có a la tarea de detener la hemorragia, algo que, adivinó Max, no era la primera vez que hacía. Pronto, el olor a yodo se extendió por toda la habitación.

Mientras duró la operación, el cuenco que contenía el preciado líquido seguía reposando en el suelo, junto a Isabelle. Pero Philippe continuaba quieto y en silencio.

—No ha bebido bastante —murmuró Dagenham—. Jerôme apenas ha perdido sangre. Ahora el vampiro debería estar como loco y sin embargo…

Mijaíl terminó de curar a Isabelle, y ella se quedó todavía quieta unos minutos más, recuperando fuerzas. Entonces se incorporó, tomó el cuenco entre las manos, se acercó a Philippe y lo miró a los ojos. El vampiro captó la intensidad de su mirada y quedó atrapado en ella, ignorando el cuenco que ella le tendía y que su instinto pedía a gritos.

—I… Isabelle —dijo él.

—Bebe —respondió ella.

Philippe tomó el cuenco con delicadeza y bebió.

Inmediatamente mostró otro aspecto. Sus mejillas adquirieron algo de color, sus ojos brillaban y su piel presentaba una nueva tersura. Pero también su expresión era diferente.

—I… Isabelle —repitió.

Su voz era grave, gutural, primitiva y salvaje. Pero hablaba con palabras humanas.

Isabelle no pudo evitar que un par de lágrimas rodasen por sus mejillas. Temblaba como una hoja, estaba extremadamente pálida y respiraba con dificultad.

—¿Está usted bien? —preguntó Max, inseguro.

174

Pese a todo, nunca la había visto llorar.

—Me recuperaré —respondió ella, secándose las lágrimas con el dorso de la mano—. Sólo necesito descansar, dormir y comer mucho.

—Pero su cuerpo no aguantará estas sangrías constantes, Isabelle —dijo Dagenham muy serio—. Las heridas pueden infectarse. Además, si insiste en abrírselas una y otra vez, un día dejarán de cicatrizar.

Ignorando a Dagenham, Isabelle se volvió hacia Philippe.

—Tenemos que marcharnos, Philippe —le dijo—. No nos quieren aquí. Vendrán a buscarnos.

Él se quedó callado un momento. Después asintió.

—El... chico —dijo, con dificultad—. ¿Está... bien?

—Estará bien —respondió ella—. Milagrosamente está vivo.

—Yo... lo... siento —pudo decir Philippe; parecía que su garganta encontraba extrañas las palabras, pero las pronunciaba, no cabía duda de que las pronunciaba—. Tenía... sed.

Sacudió la cabeza y enterró el rostro entre las manos, desesperado.

—No puedo creerlo —musitó Dagenham—. ¡Un vampiro que siente remordimientos por ser un vampiro!

Philippe había tomado la mano de Isabelle con increíble delicadeza, y contemplaba desconsolado sus muñecas vendadas.

—Nunca... más, I... Isabelle. Me... mataré.

—No lo harás —los ojos de Isabelle brillaban de

nuevo—. No lo permitiré. He traído a un hombre que puede curarte. Él puede hacer que vuelvas a ver la luz del sol.

Philippe pareció reparar por primera vez en Max y Dagenham.

—La luz… del sol —musitó, y sacudió la cabeza, como si aquello fuera un sueño imposible; entonces miró a Dagenham a los ojos y suplicó—: Sálvela. Por… favor. Ella dice... que es... una hija de la noche... como... yo. Pero... no es... verdad... Debe vivir a la luz... del día...

Dagenham apartó la mirada del vampiro para clavarla en Isabelle.

—¿Por qué hace esto?

—¿Por qué me hace esa pregunta si ya lo sabe?

—Dígamelo usted, Isabelle. ¿Por qué lo hace?

Ella no vaciló cuando respondió:

—Por amor.

—Y dígame, ¿fue el amor lo que la llevó a cortarse las venas en un bosque polaco para alimentar a un vampiro? A mí me parece más bien una gran locura.

Ella negó con la cabeza.

—No lo sé. Lo había dejado todo por seguirle, porque mi corazón había decidido que él era el hombre a quien yo amaba. No podía conformarme con menos. Habría sido traicionarme a mí misma, ¿comprende? Cuando vi hasta dónde había llegado por él comprendí que el infierno sólo estaba un paso más allá. Sólo tenía que dar ese paso y retroceder, y traer a Philippe de vuelta.

Dagenham la miró con sus ojos de halcón viejo.

—Diga lo que diga, usted va a seguir protegiéndo-lo, ¿no es cierto?

Isabelle le respondió con una mirada desafiante.

—En tal caso —concluyó el aventurero—, más vale intentar que su amigo vuelva a ver la luz del día, por el bien de todos.

El semblante pálido de Isabelle se iluminó con un nuevo resplandor. Trató de levantarse para acercarse a Dagenham, pero estaba demasiado débil.

—Quieta, chiquilla. No se precipite. Necesitaré tiempo para tratar al señor Latour. Y a ser posible, un lugar tranquilo donde los aldeanos no traten de lincharnos a todos.

—El señor Dagenham tiene razón —intervino Max—. Tienen que marcharse ahora mismo.

—¡Pero no podemos irnos ahora! —exclamó Isabelle, angustiada—. Nos alcanzarán. Y no estaremos a cubierto antes del amanecer. Si los rayos del sol tocan a Philippe…

Max la miró. Los ojos de ella se clavaron en los suyos. Max supo en ese mismo momento que la amaba, al igual que supo también que ella, por alguna misteriosa razón, jamás amaría a otro hombre que no fuese Philippe de Latour. Max se preguntó si el joven era digno de Isabelle, y si habría estado dispuesto a sacrificarse por ella de la misma manera. Comprendió que no. Pero también supo que él mismo tampoco habría tenido valor para hacer lo que ella estaba haciendo. Siempre había intuido que Isabelle era una mujer extraordinaria. Ahora lo sabía.

Y pensó que ella merecía ser feliz junto al elegido

de su corazón, y que ambos merecían una segunda oportunidad.

Max se irguió de un salto.

—No lo harán si yo puedo impedirlo. Hemos de escapar de aquí. Tengo una idea.

Capítulo catorce

Una colérica comitiva avanzaba por el camino que llevaba a la mansión Grisard. En el grupo no sólo había hombres, sino también mujeres y ancianos. Rouquin, Morillon, Boutel, Bonnard, Michelet… Todos estaban allí, incluido el padre Rougier, que exhortaba a todos a expulsar al demonio de Beaufort; además se hallaban en el grupo el alcalde y su mujer, que avanzaban un par de pasos detrás de la señora Bonnard, la cual lloraba desconsolada y gritaba enfurecida a partes iguales, llevando en una mano un gran cuchillo de degollar y clamando justicia para su hijo. Bajo la luz de las antorchas, los semblantes de las gentes de Beaufort parecían diferentes, casi grotescos, deformados por una furia salvaje. Costaba trabajo, por ejemplo, relacionar a la tímida señora Lavoine con la mujer que, arropada por la multitud, gritaba enardecida contra Isabelle y su criado, empuñando una pesada sartén que agitaba en el aire, completamente decidida a descargarla sobre el cráneo de su enemigo, fuera cual fuese éste. Su voz se mezclaba con la de los demás hombres y mujeres de Beaufort, que coreaban insultos y amenazas contra los asesinos de niños.

Los rostros de aquellas personas eran máscaras desfiguradas por la ira y el odio, máscaras de muerte que ocultaban, sin que fueran conscientes de ello, una emoción aún más primitiva e irracional, un sentimiento que los había vuelto locos, violentos y salvajes: el miedo.

Rouquin, que iba en cabeza, se detuvo de pronto y cogió a Bonnard por un brazo.

—¡Mira, Benoît! ¿Ves lo mismo que yo?

El constructor asintió, ceñudo. Una sombra había salido de la mansión Grisard. Parecía un enorme jinete.

—La rata abandona el barco —gruñó Bonnard—. ¡Vamos!

Se separó del grupo y salió del camino, seguido por cinco hombres más. Esperaban interceptar al jinete un poco más allá.

Max estaba de pie frente a la casa, con los ojos clavados en la oscuridad. Había puesto a disposición de Isabelle el caballo de la señorita Dubois. Ella lo había mirado con la emoción pintada en sus cansados ojos oscuros.

—Gracias por todo, Max —había dicho—. Nunca olvidaré lo que ha hecho usted por mí.

Había montado sobre la grupa del caballo, junto con Mijaíl y Philippe. Dagenham había expresado sus dudas acerca de si resistiría el animal tanto peso, pero Max había señalado que ni Philippe ni Isabelle pesaban demasiado y que, por otro lado, no tenían alternativa.

Después, Isabelle se había ido.

Max sabía que jamás volvería a verla, y algo parecido a una mano gélida le oprimió el corazón.

—Cuesta ver cómo la mujer de tu vida escapa con el hombre de su vida, ¿eh? —comentó Dagenham.

Max ignoró el comentario.

—Espero que logren llegar a Soissons antes del amanecer.

Dagenham miró por encima de su hombro y dijo:

—Yo espero que logren llegar a Soissons y punto.

Max miró, y lo que vio no lo tranquilizó en absoluto. El grupo que venía por el camino se había dividido. Algunos hombres se habían percatado de la huida de Isabelle, y se movían hacia el Norte, con la intención de interceptarla.

—Han partido demasiado tarde. ¡Los han descubierto!

—El caballo no puede correr más deprisa con tanto peso —murmuró Max—. Los alcanzarán.

—Ahora debemos preocuparnos por otras cosas, señor Grillet. ¡Tenemos compañía!

El resto de los habitantes de Beaufort franqueaba la puerta del jardín de la mansión enarbolando armas y vociferando amenazas. Max y Dagenham cruzaron una mirada y asintieron.

—¿Dónde está la bruja? —gritó alguien.

—¡La bruja! —exigieron los demás—. ¿Dónde se ha escondido?

—¡El señor Dagenham la ha derrotado y ha salvado a Jerôme! —gritó Max.

Hubo murmullos de descontento.

—¡Es cierto! —gritó Dagenham—. ¡Crucifijos, dientes de ajo, agua bendita! ¡Nada de eso agrada a los demonios! ¡He expulsado a demonios de medio mundo, desde Mongolia a Jamaica, de los Cárpatos al Nilo, y sé cómo hay que tratar a esas criaturas malditas! ¡El señor Grillet y yo hemos rescatado a Jerôme de las garras de la muerte!

Se oyó un gemido. La señora Bonnard avanzó unos pasos, llorosa.

—¡Mi hijo! ¿Mi hijo está vivo?

Pero el padre Rougier se adelantó y miró a Dagenham con desconfianza.

—¿Con qué autoridad puede usted expulsar a los demonios? ¿Acaso es sacerdote?

Dagenham abrió la boca para contestar, pero alguien vociferó:

—¡Miente! ¡Está protegiendo a los asesinos de niños!

Y la multitud volvió a rugir.

Mientras tanto, Mijaíl clavaba los talones en los flancos del caballo, obligándolo a correr a más velocidad. Protegida por su enorme corpachón, y rodeando a su vez con sus brazos la cintura de Philippe, Isabelle temblaba. Se sentía muy débil y le costaba respirar, pero no era eso lo que la preocupaba, sino el interrogante de si el caballo aguantaría aquel ritmo hasta llegar a Soissons. Si lograban alcanzar la ciudad antes del amanecer, no les costaría trabajo encontrar un cobijo mientras brillase el sol. El objetivo era viajar hasta Calais, siempre de noche, y tomar allí un barco que los llevase a Inglaterra. Se reunirían con Dagenham en Londres…

De pronto, algo cayó sobre ellos desde los árboles, sombras que gritaban furiosas en la oscuridad. El caballo se encabritó e Isabelle sintió un furioso dolor en el hombro, allí donde una daga la había golpeado. Mijaíl logró controlar al caballo, pero cuatro hombres les bloqueaban el paso.

Eran Rouquin, Bonnard, Boutel y Michelet. Boutel sostenía una antorcha. Rouquin y Bonnard los apuntaban con sus armas. Incluso Michelet, el pacífico panadero, empuñaba la daga que había herido a Isabelle.

—Ni un paso más, bruja —gruñó Rouquin—. Dile a tu bruto que no haga un movimiento en falso, o dispararé. Y ahora, bajad del caballo.

Obedecieron. Isabelle inspiró profundamente.

—Por favor —suplicó—. No podemos detenernos. Debemos…

—¡Silencio! —cortó Bonnard—. ¿Qué has hecho con mi hijo, maldita?

Isabelle no pudo responder. Michelet lanzó un grito de espanto, y todos retrocedieron.

Philippe había dado un paso al frente, y la luz de la antorcha iluminaba ahora su rostro.

—¡Monstruo! —gritó Bonnard.

Rouquin disparó.

—¡¡NO!! —chilló Isabelle.

Dagenham retrocedió unos pasos. La turba avanzaba hacia él profiriendo insultos y amenazas. En aquellos momentos los habitantes de Beaufort le parecían más inquietantes que la colonia de crueles vampiros inteligentes que lo había apresado en Anatolia.

—Son duros de pelar, Grillet —murmuró el aventurero entre dientes—. ¿Grillet?

No obtuvo respuesta. Max se había esfumado.

Soltando una maldición por lo bajo, Dagenham dio media vuelta y se dispuso a salir huyendo.

Mijaíl se precipitó hacia adelante para proteger a Isabelle, pero el cuerpo de Philippe se interpuso entre ella y Rouquin. La bala lo golpeó en el estómago, pero el vampiro no dio muestras de sentir dolor. Gruñó como un lobo enfurecido y saltó sobre su agresor.

Rouquin era un hombre fuerte, pero Philippe lo derribó sin dificultad. Volvió la cabeza hacia los horrorizados compañeros de su víctima y lanzó un chillido de advertencia. Su aspecto era aterrador. La luz de la antorcha iluminaba su rostro, pálido como el de un espectro y enmarcado por los cabellos negros y revueltos, que le daban una apariencia primitiva y salvaje; sus largos y blancos colmillos eran claramente visibles porque estaba gruñendo, y sus ojos relucían con un siniestro brillo rojizo. Había adoptado una postura más felina que humana, y todo en su actitud parecía demostrar que estaba a punto de saltar sobre ellos también.

Pero lo peor había sido aquel chillido inhumano, muy semejante al que había asustado a la sensata se-

184

ñorita Dubois, parecido también al que habían escuchado Jerôme y Fabrice días atrás. Michelet quiso gritar. Boutel dejó caer la antorcha, que rodó por el suelo y se apagó.

Los ojos del vampiro seguían brillando en la oscuridad. Sus colmillos también relucieron un momento sobre el cuello del caído Rouquin.

—¡Philippe, no lo hagas! —gritó Isabelle.

Philippe vaciló. La joven había vuelto a subir al caballo junto con Mijaíl. El vampiro se dispuso a saltar hacia ella, pero algo lo golpeó en la cabeza y lo lanzó a un lado.

—¡Maldito… engendro! —jadeó Rouquin, tratando de ponerse en pie—. ¡Pagarás por tus crímenes!

Philippe retrocedió y chilló de nuevo, enseñando los dientes. Rouquin alzó su arma. El vampiro tensó los músculos para saltar sobre él.

—¡¡Philippe!!

Rouquin disparó por segunda vez.

Pero el vampiro ya no estaba allí.

Estaba junto a Isabelle, sobre la grupa del caballo que se alejaba a galope tendido.

Rouquin bajó el arma.

—Un demonio —murmuró—. ¡Un maldito demonio! —se volvió hacia sus compañeros—. ¡Hay que acabar con él! Ese caballo no aguantará mucho… ¡Vamos!

Los otros tres hombres obedecieron, como autómatas, y siguieron a Rouquin, que ya corría en pos de Isabelle.

Mientras Dagenham trataba de razonar con los habitantes de Beaufort en el lenguaje que ellos querían escuchar, Max había subido a buscar a Jerôme. Se inclinó junto a él y trató de despertarlo, pero el muchacho no reaccionó.

—Vamos, Jerôme, te necesito —murmuró Max, preocupado—. Despierta, por favor...

Optó por mojarle un poco las sienes y la frente con agua, y logró hacerlo reaccionar.

—¿Señor... Grillet? —murmuró.

—Sí, Jerôme. ¿Puedes oírme?

—¿Señor Grillet? Estoy vivo, ¿verdad?

—Sí, chico. Estás vivo. Y vas a decírselo a tus padres, ¿de acuerdo?

Jerôme asintió débilmente. Max lo cogió en brazos y volvió a bajar las escaleras.

—¿Mijaíl? ¿Qué sucede?

El hombretón echó una mirada hacia atrás y gruñó, preocupado. Una luz los seguía en la distancia.

—¡No! ¿Todavía nos persiguen?

Mijaíl la miró preocupado, e Isabelle supo que los alcanzarían. El caballo había hecho un tremendo esfuerzo para huir de sus perseguidores y acusaba el cansancio.

—No puede ser —murmuró ella, desesperada—. No, ahora que estábamos tan cerca.

Entonces Mijaíl tiró de las riendas e hizo que el caballo se detuviese. Isabelle lo miró sin comprender.

El hombretón desmontó de un salto y entregó las riendas a Isabelle.

186

—No… no podré llegar yo sola —protestó ella—. Estoy muy débil.

—No… estás… sola —susurró Philippe.

Mijaíl la miró a los ojos y cerró la mano de Isabelle sobre las riendas.

—Corra —dijo con voz ronca—. No mire atrás.

Isabelle abrió la boca, sorprendida, pero no llegó a decir nada. La enorme manaza de Mijaíl cayó sobre la grupa del caballo, y éste relinchó y salió galopando a toda velocidad.

Isabelle se aferró a Philippe, que montaba frente a ella. Volvió la mirada hacia atrás y vio la figura de Mijaíl sobre la campiña, cada vez más pequeña…

Cuando Max salió al jardín, descubrió a Dagenham en una muy poco airosa situación. El aventurero había trepado por la pared de la mansión y se esforzaba por guardar el equilibrio sobre el tejado, mientras algunos hombres enfurecidos trataban de alcanzarlo.

Max supo que no tenía demasiado tiempo. Alzó a Jerôme y gritó:

—¡Jerôme está vivo!

Nadie pareció escucharlo, por lo que Max volvió a gritar:

—¡Jerôme vive!

Se oyó un grito. La señora Bonnard se abrió paso entre la gente y se abalanzó sobre Max para comprobar que lo que decía era cierto. La multitud calló de pronto, vacilante.

Dagenham se sentó sobre el tejado, sacó la pipa y hurgó en sus bolsillos en busca de tabaco.

—Caramba, Max —comentó—. Un poco más y no lo cuento.

Philippe e Isabelle cabalgaban a galope tendido a través de campiñas desiertas y solitarias. Hacía rato que habían dejado atrás a sus perseguidores; no obstante, Isabelle temía a otro enemigo todavía más implacable que acechaba tras el horizonte, aguardando a que llegase el momento de mostrar su rostro. La joven era muy consciente de que el galope del caballo era cada vez más irregular y que, de seguir así, no llegarían a Soissons antes del amanecer.

Isabelle suspiró, preocupada. La aterraba la idea de ser alcanzados por las luces de la aurora y ver cómo Philippe se marchitaba entre sus brazos igual que un helecho en pleno desierto.

—¿Es necesario todo esto? —susurró Max.

—En estas circunstancias, la destrucción de una vieja mansión es un mal menor —respondió el aventurero—. Han venido con ganas de matar a alguien. Hay que darles algo que hacer, o puede que lo maten a usted.

Max contempló, impotente, cómo las gentes de Beaufort entraban en la casa y destrozaban todo lo que hallaban a su paso. Cuando ya no encontraron nada que romper, le prendieron fuego, y las llamas envolvieron lo que había sido la morada de Isabelle y del más terrible y oculto de sus secretos.

Max contempló la línea clara que emergía tras las montañas.

188

—Corre, Isabelle —murmuró.

No habría sabido decir cuánto tiempo estuvieron cabalgando a través de páramos despoblados, ni cómo sabía Philippe que llevaba la dirección correcta. Isabelle había caído en un extraño sopor, y sólo salió de él cuando oyó gruñir a su compañero y vio que a su espalda el horizonte comenzaba a clarear.

—Oh, no —suspiró—. ¡Oh, no!

Espolearon todavía más a su agotado caballo, en un desesperado intento por llegar a un refugio antes de que el sol los alcanzase. Vieron los tejados de Soissons a lo lejos, cuando el alba comenzaba a cubrir las campiñas con su manto. Isabelle, que nunca había sido creyente, cerró los ojos y rezó, rezó con toda su alma, rogando que Philippe tuviese una segunda oportunidad, que el sol no se lo arrebatase cuando acababa de aparecer una posibilidad de que volviese a caminar a la luz del día.

Isabelle rezó, mientras el caballo galopaba exhausto, y Soissons parecía un sueño lejano bajo la claridad del alba.

Cuando los rayos del amanecer tocaron los despojos ennegrecidos de la mansión Grisard, Max se dejó caer sobre el borde del camino. Todos habían regresado ya a Beaufort, después de aquella espantosa noche de odio y fuego. Dagenham estaba en casa de los Bonnard, cuidando de Jerôme, pero el gendarme había sido incapaz de separarse de la vieja mansión que había sido el hogar de Isabelle, de Mijaíl y de Philippe.

Ahora que todos se habían ido, se sentía solo y muy vacío. Sabía que la vida en Beaufort volvería a su pulso habitual, sin sorpresas ni sobresaltos, y él, que se tenía por un hombre tranquilo, se había dado cuenta de que echaría de menos aquellos días, las sonrisas fugaces de Isabelle y las conversaciones con la señorita Dubois sobre el misterio de la mansión Grisard.

—De modo que se han ido, ¿eh?

Max sonrió. Junto a él estaba la anciana que, sin duda, se había apresurado a recorrer afanosamente el largo camino desde Beaufort con las primeras luces de la mañana.

—Qué madrugadora es usted…

—Sentía curiosidad.

Contempló los restos de lo que, tiempo atrás, había sido un edificio magnífico, y suspiró:

—¿Por qué han hecho esto?

Max llevaba un buen rato preguntándoselo, pero por fin halló una respuesta.

—Porque lo necesitaban. Para conjurar el miedo, ¿sabe? Porque el odio nace del miedo.

La señorita Dubois ladeó la cabeza y miró a Max, pensativa.

—¿Sabes, Max?, puede que tengas razón. Me alegro de que no te dejases llevar por toda esta locura. Me alegro de que fueses valiente.

—¿Valiente, yo? —Max sonrió—. No. Simplemente…, no podía tener miedo de Isabelle. De ella, no. Ella…

—Lo sé —dijo la anciana—. Sé cómo te sientes. Sé exactamente cómo te sientes.

Su mirada estaba preñada de una profunda melancolía, y Max comprendió, de pronto, que ella también había dejado escapar a su hombre, mucho tiempo atrás.

Pensó en Isabelle. Descubrió que no le guardaba rencor. Ni siquiera se sentía celoso.

—Ojalá lo hayan conseguido —murmuró.

—Yo también lo deseo.

Hubo un breve silencio. Entonces la señorita Dubois se estremeció.

—Empiezo a tener frío, Max. Volvamos a casa. Tienes muchas novedades que contarme.

Max le ofreció el brazo a la anciana y los dos, lentamente, dieron la espalda a los despojos de la mansión Grisard y se internaron por el camino que llevaba a Beaufort, de vuelta a la tranquilidad y a los días apacibles, pero sintiendo que, tras la partida de Isabelle, nada volvería a ser igual.

Tras ellos, sólo un montón de negras ruinas quedaba como recuerdo de la casa que albergó un amor imposible, más allá de la vida y de la muerte.

Epílogo

Perkins salió a cubierta poco antes del alba. Acababa de despertarse y estaba aún medio adormilado, pero disponía de unos minutos libres para despejarse antes de que lo llamase el oficial. Se acodó sobre la borda y contempló el mar sombrío y en calma. El *Phoebus* había salido de Dover unos días antes, y no tardaría en hacer escala en Marsella, para seguir después hasta Nápoles.

Perkins bostezó. Llevaba varios meses trabajando a bordo del *Phoebus* y muchos años cruzando los mares en otros buques, pero esperaba que aquél fuese su último viaje. Después regresaría a Dover y se haría pescador, y podría ver más a menudo a su mujer y a su hija. Aquel pensamiento lo animaba.

Oyó un ruido a su espalda y vio una figura sentada cerca de él. Lo reconoció como uno de los pasajeros.

—Es usted madrugador, ¿eh?

—Me gusta aprovechar el día.

El hombre hablaba con un perfecto acento londi-

193

nense, y fumaba en pipa. Sus ojos escrutaban a Perkins desde un rostro áspero y moreno.

—Será un hermoso día —dijo el marinero—. Mire, hay todavía algunas brumas, pero no tardarán en deshacerse.

—Tanto mejor —asintió el pasajero.

Otras dos figuras aparecieron en la cubierta. Una de ellas era una joven de serena belleza. El otro era un hercúleo extranjero de cabello completamente blanco, que contrastaba con su rostro juvenil de gesto serio y reconcentrado.

—Señorita Isabelle —dijo el hombre que estaba sentado—. Venga, desde aquí se divisa una vista maravillosa.

Ella sonrió y se acercó a él. El hombre grande la siguió. Sólo cuando ambos estuvieron sentados, Perkins se dio cuenta de que había un cuarto individuo con ellos, un tipo delgado y pálido que vestía de negro y escondía su rostro bajo el ala de su sombrero.

Había algo extraño en aquellas personas, y Perkins se sintió inquieto.

—Buenos días, señores —saludó, inseguro.

—Apártese, Perkins —gruñó el de la pipa.

El marinero se sobresaltó, no sólo por sus bruscos modos, sino por el hecho de que él conociese su nombre.

—¿Cómo dice?

—Apártese. Nos tapa la vista.

Perkins obedeció. En aquel momento el sol comenzó a emerger por el horizonte como un disco dorado, bañando los rostros de los cuatro pasajeros.

194

Perkins los contempló. El hombre de la pipa parecía muy satisfecho de sí mismo, y sonreía. El gigantón se mostraba emocionado. La mujer lloraba silenciosamente.

Y en cuanto al cuarto pasajero...

El cuarto pasajero era el hombre más pálido que Perkins había visto en su vida, y estaba seguro de no haberse topado con él a bordo desde que zarparon de Dover. Aunque no era de extrañar, ya que parecía estar realmente enfermo.

Sin embargo, sus ojos brillaban con una intensidad impropia de un convaleciente, y su mano estrechaba con fuerza la de la mujer. Había algo en la expresión de su rostro que Perkins no lograba comprender.

Volvió a observar de nuevo a los cuatro extraños viajeros y se dio cuenta entonces de que lo que contemplaban con tanto sentimiento era el amanecer. Se fijó en el hombre pálido, y descubrió que su rostro era la expresión de la felicidad más pura y exultante.

Perkins oyó la voz del oficial llamándolo, y se alejó de aquella extraña escena, moviendo la cabeza.

—¡Por favor! —gruñó—. ¡Si sólo es un amanecer!

A sus espaldas, los cuatro viajeros seguían contemplando el sol naciente, y el hombre pálido sentía que, por primera vez en mucho tiempo, los rayos de la aurora calentaban su piel fría como la muerte y blanca como la luna que había gobernado su existencia hasta entonces.

A su lado, la mujer que lo había devuelto a la vida lloraba de felicidad, porque sabía que la pesadilla había terminado y ella ya no tendría que vivir como una hija de la noche nunca más. Y sonreía, y soñaba con la nueva vida que los aguardaba al final de la travesía, en una bella finca en Italia, junto al mar, con mucho sol. Mucho sol.

COLECCIÓN PERISCOPIO

César Mallorquí, *Las Lágrimas de Shiva*
José María Latorre, *La isla del resucitado*
Javier Negrete, *Memoria de dragón*
Alfredo Gómez Cerdá, *A través del cristal empañado*
Pau Joan Hernàndez, *La Tripulación del Pánico*
Cristina Macía, *Una casa con encanto*
Andreu Martín, *Ideas de bombero*
Elia Barceló, *La roca de Is*
César Mallorquí, *La puerta de Agartha*
Andreu Martín, *Los dueños del paraíso*
José Mª Plaza, *No es un crimen enamorarse*
Jordi Sierra i Fabra, *El asesino del Sgt. Pepper's*
Germán Diéz Barrio, *Un verano... faxcinante*
Lola Gándara, *La oscura luz del Tíber*
Alice Vieira, *Chocolate con lluvia*
Blanca Álvarez, *Tres besos*
Jordi Sierra i Fabra, *Donde el viento da la vuelta*
Gabriel García de Oro, *Un ataque de risa*
Laura Gallego, *La hija de la noche*
Fernanda Krahn Uribe, *El otro techo del mundo*
Pere J. Carbó, *La corta-rápid*
Malcolm Rose, *Dosis letal*
Joan Manuel Gisbert, *La Voz de Madrugada*
María M. Vassart, *¿Y ahora qué?*
Fernando Lalana, *El enigma N.I.D.O.*

Manuel Alfonseca, *Tras el último dinosaurio*
José Antonio del Cañizo, *El castillo invisible*
Carmen Gómez Ojea, *El diccionario de Carola*
Vicente Muñoz Puelles, *2083*
Evelyne Brisou-Pellen, *El anillo de los tres armiños*
Anthony Horowitz, *El regreso de la abuelita*
Pablo Barrena, *¡Que me parta un rayo!*
Pau Joan Hernández, *Si no te vas*
César Mallorquí, *El último trabajo del señor Luna*
Milio Rodríguez Cueto, *Laura contra el tiempo*
Maria Alaminos, *Los herederos de la fuerza*
J. M. Latorre, *Los ojos en el espejo*
J. M. Carrasco, *Capitán Nadie*
Milagros Oya, *El dado de fuego*
Karen Cushman, *El libro de Catherine*
Jordi Sierra i Fabra, *Donde esté mi corazón*
Roberto Santiago y Jesús Olmo, *Prohibido tener catorce años*
Elia Barceló, *El caso del artista cruel*
Enrique Sánchez, *El gol imposible*
Vicente Andreu Navarro, *El trébol de cuatro hojas*
Blanca Álvarez, *El escritor asesino*
Pasqual Alapont, *Un verano sin francesas*
Marliese Arold, *Miriam es anoréxica*
Lola Gándara, *Alejandra*
Agustín Fernández Paz, *Trece años de Blanca*
Marisa López Soria, *Se ofrece chico*
Manuel Alfonseca, *El sello de Eolo*

Milio Rodríguez Cueto, *Mimí al volante*
Juan Madrid, *Huida al Sur*
Carol Matas, *Jesper*
César Mallorquí, *El maestro oscuro*
Manuel Quinto, *Las llaves del horizonte*
Luis Blanco Vila, *Memorias de un gato tonto*
Blanca Álvarez, *La soga del muerto*
Pasqual Alapont, *La oveja negra*
Miguel Sandín, *Expediente Pania*
Francisco D. Valladares, *El secreto de Pulau Karang*
Julián Ibáñez, *Manuela, Scarface*
Jordi Cervera, *Muerte a seis veinticinco*
Elia Barceló, *El caso del crimen de la ópera*
Nacho Docavo, *El alma del lama*
José María Plaza, *En septiembre llegó el desastre*
Hortense Ullrich, *¡Las brujas no besan!*
José Mª Mendiola, *El Cementerio de los Ingleses*
Care Santos, *Laluna.com*
Claudia Larraguibel, *Puesta en escena*
Hortense Ullrich, *El amor te vuelve rubia*
Natalia Demidoff, *Jaque a Borgia*
Jordi Cervera, *La muerte a doscientos veinte*
Miquel Rayó, *El enigma Altai*
Jordi Sierra i Fabra, *Tester (probador)*
Enrique Sánchez, *Asesinato de un hincha*
Maite Carranza, *Palabras envenenadas*
Gabriel Janer Manila, *Han quemado el mar*
M. Carme Roca, *La moneda partida*